Günter Fanghänel

Die Tote im Abteiwald

Günter Fanghänel

Die Tote im Abteiwald

Ein Eppertshausen – Krimi

Druck und Verlag Books on Demand • Norderstedt

Alle Personen- und Firmennamen sind
frei erfunden, etwaige Übereinstimmungen
mit real existierenden Personen oder
Firmen wären rein zufällig.

ISBN: 9783739249032

Herstellung und Verlag: BoD-Books on Demand • Norderstedt
© 2019. Autor und Herausgeber: Dr. habil. Günter Fanghänel,
Eppertshausen.
Korrektur: Dietrich Möckel, Bad Wurzach..
1. Auflage 2019; Alle Rechte beim Autor und Herausgeber.
Preis:9,80 €

1.

Der kleine beschauliche hessische Ort Eppertshausen liegt inmitten des Dreieckes Aschaffenburg – Darmstadt – Frankfurt.
An drei Seiten von schönen Wäldern umgeben, öffnet sich nur nach Süden der Blick über die Nachbargemeinde Münster bis zu den Hängen des Odenwaldes.
Die Geschichte von Eppertshausen ist wechselvoll. Bei der vom 5. bis zum 8. Jahrhundert erfolgten Landnahme durch die Franken wurden nur Felder und Wiesen Privateigentum, Wälder, Weiden, Gewässer und Bodenschätze blieben gemeinsames Eigentum aller und wurden durch sogenannte Markgenossenschaften verwaltet.
Eppertshausen, das im Jahre 836 erstmals als *Ecgiharteshuson* in einer Zinsliste der Benediktinerabtei Seligenstadt erwähnt wurde, gehörte zur Mark Babenhausen, heute eine kleine Stadt mit sehenswerten Resten der ehemaligen Befestigung und alten Fachwerkhäusern. Diese, sowie das gesamte Waldgebiet, genannt *DIE ABTEI*, waren im frühen Mittelalter im Besitz der Grafen von Hanau. Nach Westen und Norden erstreckte sich der *WILDBANN DREIEICH*. Zu dessen Schutz wurde an der Südflanke eine Turmburg errichtet, um die herum sich der Ort Eppertshausen entwickelte.

Als Vögte waren die in Dieburg ansässigen Herren von Groschlag eingesetzt. Dieburg gehörte fast im gesamten Mittelalter zum Erzbistum bzw. Kurfürstentum Mainz und ist heute bekannt durch seine Wallfahrtskirche, durch viele schöne Fachwerkhäuser und durch seinen jedes Jahr am Fastnachtsdienstag stattfindenden Umzug, einen der größten in Hessen. Bis 1799 hatten die Herren von Groschlag in Eppertshausen das Sagen, wobei gegenseitige Ansprüche zwischen den Erzbischöfen von Mainz einerseits und den Grafen von Hanau andererseits der Entwicklung des Ortes keineswegs förderlich waren. Dieser Streit gipfelte in einer Entscheidung des Reichstages zu Konstanz von 1507, wonach die wirtschaftlichen Belange durch das Märkergericht Babenhausen, also den Hanauern, entschieden wurden, politische Belange aber durch das Zentgericht Dieburg, also den Mainzern.
Ab 1806 gehörte Eppertshausen dann zum Großherzogtum Hessen-Darmstadt und damit nach 1945 zum Bundesland Hessen.
Im 19. Jahrhundert waren Töpfereien, Ziegelhütten und später auch Lederwarenfabrikationen neben der nach wie vor dominierenden Landwirtschaft wichtige Erwerbsquellen für die Bevölkerung. Als dann 1905 die Dreieichbahn zwischen Dieburg und Dreieich-Buchschlag ihren Betrieb aufnahm, waren die

Städte Darmstadt und Frankfurt leichter erreichbar. Viele Pendler nutzten nunmehr den Bahnhof Eppertshausen, was wesentlich zu einem weiteren Aufschwung des Ortes beitrug. Bei der 1974 in Hessen vorgenommenen Gebietsreform, die im Norden die künstliche Stadt Rödermark hervorbrachte und im Osten viele Dörfer nach Babenhausen eingemeindete, gelang es Eppertshausen, seine Selbständigkeit zu bewahren.
Dies, sowie die zentrale geografische Lage zusammen mit einer recht guten Verkehrsanbindung über Schiene und Straße, vor allem aber die sehr kluge und vorausschauende Kommunalpolitik der vergangenen 15 Jahre, geführt von einem jungen, sehr engagierten Bürgermeister, waren ursächlich, für die sehr positive Entwicklung des Ortes. So wurde 2007 das Gewerbegebiet *Park 45* seiner Bestimmung übergeben und in den Neubaugebieten *Im Eichstumpf* und *Am Abteiwald* sind in den letzten Jahren zahlreiche Neubauten, meist Einfamilienhäuser, entstanden, womit die Lücke zum vorher etwas abseits gelegenen Ortsteil *Failisch* nahezu geschlossen wurde. Heute wohnen etwa 6.500 Frauen, Männer und Kinder in Eppertshausen.
Ursula Schreiner war eine von ihnen. Sie war mit ihren 67 Jahren immer noch eine sehr attraktive Frau. Vor sechs Jahren hatte sie über

das Internet einen verwitweten ehemaligen Bauunternehmer kennengelernt und zwei Jahre später geheiratet. Ihr Mann verstarb allerdings wenig später an einem durch langjährigen starken Alkoholkonsum verursachten Leberversagen. Sein schönes Zweifamilienhaus in der im Ortsteil *Failisch* liegenden Vogelsbergstraße hatte er vorher seinen beiden Söhnen überschrieben. Die erste Etage wurde durch die Söhne vermietet. Für die Erdgeschosswohnung und den Garten hat aber Ursula Schreiner notariell beglaubigtes lebenslanges Wohnrecht.

Die ersten Jahre nach dem Tod ihres Mannes waren für sie recht einsam. Da sie aus Franken zugezogen war, hatte sie kaum Kontakte im Ort und nur ihre Labradorhündin Stella sorgte dafür, dass sie in Bewegung blieb. Dann engagierte sich Ursula in der Seniorenhilfe, einem 1998 gegründeten Verein, der nach dem Motto *Alt hilft Jung und Jung hilft Alt* arbeitet und übernahm dort einmal wöchentlich Bürostunden. Auch wurde sie Mitglied im Seniorenturnverein und ging oft zu den immer dienstags stattfindenden Übungsstunden. Gut war auch, dass sie nach wie vor mit ihrem acht Jahre alten Golf unterwegs sein konnte. Stella fuhr gern mit im Auto und war schon immer ganz aufgeregt, wenn ihr Frauchen den Autoschlüssel vom Haken nahm.

Ein glücklicher Umstand war es, dass Ursula Schreiner vor drei Jahren ihre Nachbarin Else Niendorf, die zwei Häuser weiter wohnte, näher kennenlernte. Diese war mit ihrer Mischlingshündin unterwegs gewesen und es stellte sich schnell heraus, dass beide Frauen in nahezu gleichen Verhältnissen lebten. Else Niendorf war ebenfalls verwitwet und wohnte in ihrem Einfamilienhaus allein. Ihr Auto war ein Opel Corsa. Beide Frauen wurden rasch gute Freundinnen und gingen bei fast jeder Wetterlage dreimal täglich mit ihren Hunden spazieren. Meist führte sie ihr Weg in den Abteiwald, der gleich hinter dem *Failisch* begann und sich bis zum östlichen Nachbarort Hergershausen erstreckte. Da der gesamte Wald Wassereinzugsgebiet ist, führen zahlreiche, gut begehbare Wege hindurch und an vielen Stellen sind Brunnen zu sehen, die alle eine Nummer tragen.

Beide Frauen hatten es sich zur Angewohnheit gemacht, nach der Nachmittagsrunde noch bei einer Tasse Kaffee zusammen zu sitzen.

Auch übernahm jede gern den Hund der anderen, wenn diese Dinge zu erledigen hatte, bei denen ein solches Tier nicht erwünscht war.

Am 29. März, einem Freitag, musste Ursula Schreiner den Nachmittagsspaziergang allein mit ihrer Stella unternehmen, da ihre Freundin mit ihrem Hund einen Tierarzttermin hatte.

Es war ein schöner Frühlingstag. Das erste Grün zeigte sich an den Büschen, die das Unterholz im Abteiwald bildeten. Ursula ging einen gewohnten Weg und Stella, die recht gut erzogen war, lief bei Fuß. Plötzlich aber rannte sie davon, sprang über einen kleinen Graben am Wegesrand, blieb vor einer kleinen Kuhle neben dem Brunnen 25 stehen und bellte lauthals. Ihr Frauchen, der ein solches Verhalten völlig unerklärlich war, eilte herbei, um zu sehen, was der Hund entdeckt hatte. Sie sah sich die Kuhle genauer an und ihr Herz stockte. Seitlich aus dem Erdreich ragte deutlich das Skelett einer Hand hervor. Ursula Schreiner rief ihren Hund, leinte ihn an und griff zum Handy, das als Uhrzeit 13:37 Uhr anzeigte. Der Notruf 110 wurde sofort entgegen genommen. Ursula schilderte ihren Fund und konnte dank der am Brunnen angebrachten Bezeichnung auch eine genaue Lagebeschreibung geben. Man bat sie um ihre Personalien und forderte sie auf, das Eintreffen eines Streifenwagens abzuwarten.

Polizeiobermeister Philip Martin von der Polizeistation Dieburg war mit seiner Kollegin gerade auf routinemäßiger Streifenfahrt im östlichen Teil des Landkreises Darmstadt/Dieburg unterwegs. Die beiden hatten gerade Münster passiert als sie der Anruf der Zentrale zum Brunnen 25 im Abteiwald beorderte. Eine

Eingabe in ihr Navi zeigte den beiden Polizisten, dass sie die von Eppertshausen nach Hergershausen führende L 3095 kurz nach dem linker Hand liegenden Waldfriedhof nach links verlassen und den Waldweg noch etwa 400 Meter folgen mussten.

Ursula Schreiner hatte etwa 10 Minuten gewartet, als der Streifenwagen bei ihr eintraf. Sie schilderte, wie ihr Hund plötzlich losgelaufen sei und seinen Fund lauthals verbellt habe. Philip Martin sprang über den kleinen Graben und sah sich die Sache genauer an, während seine Kollegin inzwischen die Personalien der Hundebesitzerin aufnahm. Polizeiobermeister Martin kam zurück und wollte wissen, ob Ursula Schreiner irgendwas am Fundort verändert habe oder ob ihr Hund vielleicht dort gescharrt haben könnte. Erleichtert nahm er zur Kenntnis, dass Frau Schreiner den Graben überhaupt nicht überquert habe und ihr Hund so erzogen sei, dass er Funde lediglich verbelle. „Ich denke, hier liegt nicht nur das Skelett einer Hand", sagte er zu seiner Kollegin. „Wir müssen hier absperren und die Zentrale verständigen. Fährst du bitte zur L 3095 zurück, rufe die Zentrale an und sorge dafür, dass niemand den Waldweg nach hier befahren oder betreten kann. Ich warte solange hier."

Es dauerte dann auch nicht lange, bis von der Dieburger Polizeistation Oberkommissar Uwe Krause eintraf. Er ließ sich von Ursula Schreiner die Situation nochmals schildern und schaute dann in die Kuhle. An seinen Kollegen Martin gewandt sagte er: „Das hier ist sicher eine Sache für die MUK", ich werde Darmstadt verständigen", und griff zum Handy. Dann wandte er sich Frau Schreiner zu: „Sie werden sicher gern nach Hause wollen. Aus meiner Sicht spricht nichts dagegen. Ihre Adresse haben wir. Aber bleiben Sie bitte zuhause, wir oder Kollegen von uns werden nachher sicher noch mal bei Ihnen vorbei kommen und bitte bewahren Sie über die Sache hier vorerst Stillschweigen."

Mit den Worten: „Komm Stella, wir gehen heim", verabschiedete sich Ursula Schreiner und dachte so bei sich: „Das mit dem Stillschweigen ist ja gut und schön, wenn aber nachher Else vom Tierarzt zurück ist und wie verabredet zum Kaffeetrinken kommt, werde ich ihr natürlich alles erzählen."

2.

Freitag; 13:00 Uhr

Im geräumigen Beratungsraum der *Regionalen Kriminalinspektion Darmstadt (RKI)* gleich neben dem Büro der Leiterin, Polizeioberrätin Juliane Weißgerber, hatten sich, wie an jedem Freitag um diese Zeit die Leiterinnen bzw. Leiter der einzelnen Kommissariate versammelt. Es galt, sich gegenseitig über die Ergebnisse der vergangenen Woche zu informieren und die Planungen für die nächsten Tage abzustimmen.

Abweichend von der üblichen Reihenfolge forderte Juliane Weißgerber zuerst Markus Borgert, den Leiter des Kommissariates K 21/22 *Bandenmäßige Eigentumskriminalität, Kraftfahrzeugdiebstahl, Wohnungseinbruch* mit folgen Worten zu einem Lagebericht auf: „Markus, ich weiß, dass ihr an einer ziemlichen großen Sache dran seid, würden Sie uns bitte alle auf den neuesten Stand bringen."

Hauptkommissar Borgert nahm das Wort. „Ihr wisst, dass wir es in der letzten Zeit mit einer Serie von Wohnungseinbrüchen zu tun hatten, bei denen mit außerordentlicher Dreistigkeit nicht nur einzelne Wohnungen das Ziel waren, sondern meist alleinstehende Häuser, besser sollte ich wohl sagen Villen, regelrecht leer geräumt wurden. Bisher waren es fünf Objekte

im westlichen Kreisgebiet, die alle von ihren jeweiligen, stets ziemlich gut betuchten, Besitzern durch recht moderne Alarmsysteme geschützt waren – oder besser – sein sollten. Interessant ist, dass diese alle von der gleichen Firma konzipiert und eingebaut wurden.
Wir vermuten, dass hinter dieser Einbruchserie eine gut organisierte Bande steckt und arbeiten deshalb ganz eng mit Hauptkommissar Volker Matthes zusammen, der ja die Abteilung *Bandenmäßige Eigentumskriminalität* leitet. Volker, vielleicht kannst du jetzt weiterreden."
Kommissar Matthes übernahm: „Ich will mich kurz fassen. Wir haben einen Tipp erhalten von einem Mitglied der Bande, die hauptsächlich aus Osteuropäern, vorwiegend Russen, besteht, aber höchstwahrscheinlich von Deutschen geführt wird. Nach dessen Aussage, die natürlich mit aller Vorsicht bewertet werden muss, ist in den nächsten Tagen ein Einbruch in die Villa des Unternehmerehepaares Reutersheim in Eberstadt geplant. Wir haben uns mal ein bisschen schlau gemacht. Die Villa liegt in einem kleinen Park und wird nur vom Ehepaar Reutersheim bewohnt. Die Kinder sind aus dem Haus, die Tochter arbeitet als Ärztin in Hamburg, der Sohn ist Mitinhaber einer Rechtsanwaltskanzlei in Konstanz. Beide haben Familie und Kinder. Im Haus gibt es zwei Angestellte, die auch zeitweise dort woh-

nen, aber auch eigene Wohnungen hier in der Stadt haben. Am Eingang des Parks steht ein kleines Häuschen. In dem lebt seit langem ein älteres Ehepaar. Er ist so um die sechzig und als Hausmeister, Gärtner und Fahrer bei den Reutersheims beschäftigt. Sie ist etwas jünger und fungiert praktisch als Mädchen für alles. Gestern nun hatten Maria und Egon Reutersheim Goldene Hochzeit. Ihre Anteile an einer gut gehenden Firma für Autoteile hatten sie gewinnbringend verkauft und derzeit ist die ganze Familie auf einem Kreuzfahrtschiff in der Karibik. Die Kinder fliegen von dort zurück. Das goldene Hochzeitspaar wird aber noch mindestens ein halbes Jahr auf Weltreise bleiben. Die Villa steht also leer. Den beiden Angestellten wurde für diese Zeit bezahlter Urlaub gewährt, eine Security-Firma schaut zweimal täglich nach dem Rechten. Die Alarmanlage ist mit der Zentrale dieser Firma verbunden. Bei Alarm wird von dort die Polizei informiert und spätestens nach 10 Minuten sind Securitymitarbeiter sowie ein Streifenwagen von uns vor Ort. Weil die Einbrecherbande aber den Alarm bisher jedes Mal umgehen konnte, denke ich, dass sie dieses Objekt ideal findet. Wir sollten unserem Informanten glauben und dort eine Falle aufbauen. Bisher sind nur wenige Kollegen informiert und das sollte bis auf weiteres auch so bleiben, damit keine Warnung herausgehen kann, falls wir irgendwo einen Maulwurf haben. Dennoch müssen wir umfangreiche Vorbereitungen treffen und brauchen dazu natürlich auch Leute von anderen Abteilungen. Als Ort des Einsatzes sollte aber vorerst Weiterstadt genannt werden. Soweit die Überlegungen von Markus und mir", schloss Hauptkommissar Matthes seine Rede ab.

„Das klingt ja alles viel versprechend", stellte Polizeioberrätin Weißgerber fest. „Markus und Torsten, Sie beide beginnen anschließend gleich mit der Ausarbeitung der konkreten Einsatzplanung. Verschaffen Sie sich eine Übersicht, welche Kolleginnen und Kollegen aus ihren und den anderen Abteilungen insgesamt zur Verfügung stehen könnten und denken sie dabei – aber das brauche ich so erfahrenen Leuten eigentlich nicht zu sagen – auch in Varianten. Es ist ja auch möglich, dass die Bande schon heute zuschlägt, was ich allerdings für wenig wahrscheinlich halte. Wenn die Planung steht, kommen Sie damit zu mir. Die Information der Staatsanwaltschaft sowie die Vorbereitung des sicher notwendigen Einsatzes eines SEK übernehme ich dann. Ein Problem scheint mir noch zu sein, wie wir das Hausmeisterehepaar vom Grundstück kriegen."

„Ich hätte da vielleicht eine Idee", meldete sich Hauptkommissarin Isabelle Cramer, die das Kommissariat K 24 *Straftaten zum Nachteil älterer Menschen, Trick- und Taschendiebstahl* leitet, zu Wort: „Wenn dieses Ehepaar Kinder oder Enkel hat, könnten sie ja dorthin zu Besuch fahren oder wegen einer dringenden Erkrankung oder Ähnlichem hin gerufen werden."

„Gute Idee", wurde sie von der Chefin gelobt. Diese wollte dann wissen, was es aus den anderen Kommissariaten zu berichten gäbe. Kriminalrat Torsten Haase, der Leiter des K 10 *Gewaltverbrechen, Vermisstenstelle, Raubstraftaten und Brandursachenermittlung, Waffendelikte, Sexualverbrechen/Kinderpornographie* machte den Anfang, übergab aber nach wenigen Worten an Oberkommissarin Melanie Forstmann, die ab Januar die für Delikte gegen Leib und Leben zuständige Abteilung des K 10, intern nur *MUK (Morduntersuchungskommission)* genannt, kommissarisch geleitet hatte. Diese sagte: „Wir hatten zwei Todesfälle, beides aber ganz eindeutig Suizide, sowie eine größere Schlägerei unter Jugendlichen, bei der es Verletzte gab, weil ein asylsuchender Syrer, der inzwischen in U-Haft sitzt, mit einem Messer auf die anderen losgegangen war."

Von den übrigen Kommissariaten gab es auch noch Informationen über alltägliches Geschehen. Lediglich Hauptkommissar Ewald Winter, der innerhalb des Kommissariates K 21/22 die Abteilung *Verkehrsdelikte* leitet, informierte über die Suche nach einem blauen oder grauen PKW, wahrscheinlich einem neueren Audi A6. Dessen Fahrer hatte in der Nacht von Mittwoch auf Donnerstag einen Radfahrer auf der Landstraße zwischen Roßdorf und Ober-Ramstadt angefahren und den Schwerverletzten ohne anzuhalten liegen gelassen. Ein nachfolgender LKW Fahrer steht als Zeuge zur Verfügung, der Radfahrer ist inzwischen außer Lebensgefahr."
Polizeioberrätin Juliane Weißgerber bedankte sich bei ihren Mitstreitern und fuhr dann fort: „Bevor wir auseinander gehen, noch folgendes: Am Montag beginnt ein neuer Kollege seinen Dienst bei uns. Hauptkommissar Lutz Waski übernimmt ab 1. April in der K 10 die Leitung des Bereichs Gewaltverbrechen. Ich bitte sie alle, um 9:00 Uhr hier zu sein, damit ich ihn offiziell vorstellen und Oberkommissarin Melanie Forstmann für ihre Arbeit als kommissarische Leiterin dieses Bereiches danken kann. Da das am Montag sicher eine kurze Veranstaltung wird, möchte ich Kriminalrat Torsten Haase, der als Kommissariatsleiter von K 10 ein gewichtiges Wort bei der

Stellenbesetzung mitzusprechen hatte, bitten, uns einige Informationen zu dem Neuen geben.

Der so Angesprochene führte aus: „Lutz Waski wurde 1983 in einem kleinen thüringischen Dorf bei Jena geboren und hat dort 2002 das Carl-Zeiss-Gymnasium mit einem sehr guten Abitur abgeschlossen. Schon während seiner Schulzeit hat er sich für die Arbeit der Polizei interessiert und zweimal ein einwöchiges Praktikum absolviert, das die thüringer Kollegen u. a. in Saalfeld anbieten. Nach einem freiwilligen sozialen Jahr, in dem er beim DRK Jena als Helfer von Rettungssanitätern auch an einigen dramatischen Einsätzen beteiligt war, hat er auf Wunsch seiner Eltern noch eine Lehre als KfZ-Mechatroniker begonnen. Diese hat er 2007 mit sehr guten Ergebnissen abgeschlossen. Danach bewarb er sich bei der in Meiningen ansässigen Thüringer Fachhochschule für öffentliche Verwaltung die auch an für den Fachbereich Polizei ausbildet. Das für den gehobenen Polizeidienst erforderliche dreijährige Studium schloss er 2012 mit dem *Bachelor of Arts* ab und zwar als Jahrgangsbester.

Danach trat er seinen aktiven Dienst als Kommissaranwärter im Polizeipräsidium Gera an. Von Beginn an war dort Kriminalrat Günter Schreiber sein Chef, den ich übrigens von vielen Weiterbildungskursen, die Hessen und Thüringen seit langem gemeinsam durchführen, ganz gut kenne. Schreiber leitet dort die MUK. Mancher von Euch wird sich vielleicht an den Fall erinnern, bei dem es den Geraer Kollegen gelang, ausgehend von einem Tötungsdelikt und einem Falschgeldfund auf einem Kreuzfahrtschiff, ein kriminelles Netzwerkes zu zerschlagen, das sich aus alten Stasi-Seilschaften rekrutiert hatte. Bei der spektakulären Schlussaktion unter Tage, in Schachtanlagen der ehemaligen AG WISMUT, die über lange Jahre radioaktives Uran für die Sowjetunion förderte, hat sich Lutz Waski besonders bewährt.[1] Übrigens ist der entsprechende Abschlussbericht bei uns im System gespeichert.

In Gera hat sich nun Lutz Waski in die Assistentin von Schreiber, Steffi Brenner, verliebt und die beiden haben 2015 geheiratet. Im Mai vergangenen Jahres wurde ihr Sohn geboren. Waskis Frau stammt aus unserem Landkreis, nämlich aus Eppertshausen. Ihre beidem Eltern sind ehemalige Lufthanseaten, die dort Mitte der 80iger Jahre ein sehr schönes Zweifamilienhaus gebaut haben. Steffi ist ihr einziges Kind und die junge Familie wird nach Eppertshausen umziehen. Wenn ich richtig

---

[1] Siehe: Günter Fanghänel: *Die Tote in Kabine 8032*: BoD 2016; ISBN 9783839147641

informiert bin, findet der Umzug heute statt. Hier liegt also der Grund, weshalb sich Lutz Waski auf die Stelle bei uns beworben hat. Diese war ja nach dem altersbedingten Ausscheiden von Kriminalrat Karlheinz Schwarz in Hessen und Thüringen ausgeschrieben worden. Karlheinz war übrigens bei den Vorstellungsgesprächen, die wir im vergangenem Dezember mit mehreren Bewerbern geführt hatten, immer dabei.

Bei dieser Gelegenheit habe ich Lutz Waski erstmals erlebt. Vor uns saß ein etwa 1,80 m großer, schlanker junger Mann, der ob seiner durchtrainierten Figur hätte auch als Fußballprofi durchgehen können. Er war mit Jeans und einem recht sportlichen T-Shirt bekleidet, an den Füßen trug er recht teuer wirkende Turnschuhe. Waski machte einen sehr gepflegten Eindruck und hatte dem Anlass entsprechend auch einen Sakko angezogen, auf eine Krawatte aber verzichtet. Sein gesamtes Auftreten, seine ausgezeichneten Beurteilungen und vielleicht auch sein Einsatz bei dem vorhin geschilderten Fall, haben uns, also die Kommission, die über die Stellenvergabe zu entscheiden hatte, überzeugt und so wird Lutz Waski der neue Leiter des Bereiches Gewaltverbrechen bei mir im K 10.

Günter Schreiber, Karlheinz und ich haben uns übrigens kurz vor Weihnachten, da war die

Sache aber schon entschieden, in Wiesbaden bei einer Veranstaltung des LKA getroffen. Karlheinz und Günter kennen sich auch seit längerem und letzter bedauerte außerordentlich, dass er einen sehr guten Mann und eine tüchtige Sekretärin ziehen lassen muss. Er wünscht den beiden aber natürlich alles Gute, zumal er als Patenonkel ihres Sohnes sicher weiterhin Kontakt behält. Beim Einstellungsgespräch vor vier Wochen hat sich übrigens der gute Eindruck, den ich von Waski hatte, bestätigt. Ich erwarte von Ihnen allen, dass sie dem Neuen ohne Vorbehalte, die es geben könnte, weil er aus dem Osten kommt, begegnen und ihm die Eingewöhnung leicht machen."

Danach beendete Juliane Weißgerber die Beratung und meinte zu Haase: „Torsten, Ihre Ausführungen werden Sie wohl wiederholen müssen, wenn sie am Montag nach der kurzen Vorstellung des Neuen hier diesen dann in ihr Kommissariat einführen." „Geht klar", lautete die Antwort und schon auf dem Weg zu seinem Büro wandte er sich an Oberkommissarin Forstmann: „Melanie, ich bitte Sie nachher noch auf einen Sprung zu mir herein zu kommen." Dann ging er in sein Büro.

Etwa 10 später Minuten klopfte es und die Oberkommissarin steckte ihren Kopf durch die Tür. „Kommen Sie herein, Melanie und nehmen Sie Platz", wurde sie von Torsten Haase aufgefordert, „ich möchte noch ein paar persönliche Worte mit Ihnen reden."

Mit Wohlwollen schaute der Kriminalrat auf seine Mitarbeiterin, die sich inzwischen auf dem Besucherstuhl vor seinem Schreibtisch niedergelassen hatte. Er sah eine junge Frau, die – wie er wusste – 34 Jahre alt war. Sie wirkte wesentlich jünger, war etwa 1,75 groß und ziemlich schlank. Trotz ihrer relativ kurz geschnittenen blonden Haare, welche das insgesamt sehr sportliche Aussehen noch unterstrichen, wirkte sie fraulich. Ihre gesamte Körpersprache zeugte von einem gesunden Selbstbewusstsein.

„Melanie, ich habe Sie hergebeten", begann Haase das Gespräch, „weil ich weiß, dass Sie sich auch auf die Stelle, die nun Waski erhalten hat, beworben und durchaus gute Chancen ausgerechnet hatten, zumal da ja auch eine Beförderung drin gewesen wäre."

Melanie Forstmann konnte nur nicken.

Torsten Hasse redete weiter: „Dennoch muss ich Sie bitten, den Kollegen Waski unvoreingenommen als Ihren neuen Vorgesetzten anzuerkennen, ihn mit alle Ihren Kräften zu unterstützen und ihm das Einarbeiten leicht zu machen. Ich denke, da kann ich mich auf Sie verlassen."

„Ich werde mir alle Mühe geben", erhielt er zur Antwort und sagte daraufhin: „Ohne Ihnen hier etwas versprechen zu wollen, möchte ich bemerken, dass die Sache mit einer Beförderung ja nicht an die Stelle gebunden ist. Haben Sie am Wochenende Bereitschaft?" wollte der Chef noch wissen. Melanie schüttelte den Kopf und war schon an der Tür, als das Telefon vom Kriminalrat klingelte. Er nahm kurz ab, sagte „ja wir veranlassen das Nötige" und winkte die Oberkommissarin zurück. „Melanie, es gibt Arbeit", sagte er zu ihr. „Damit ich nicht alles doppelt erzählen muss, bitte ich noch Hauptkommissar Goebel zu uns.

Es dauerte nicht lange, bis Daniel Goebel, der Leiter der Abteilung Kriminaltechnik, zu der auch alles was mit Spurensicherung zusammenhängt gehört, den Raum betrat und wissen wollte, was los sei.

Torsten Haase erklärte:„Ich bin eben von Oberkommissar Krause von der Polizeistation Dieburg angerufen worden. Im *Abteiwald*, der gleich hinter Eppertshausen beginnt, wurde wahrscheinlich eine Leiche gefunden. Bisher hat man nur eine skelettierte Hand aus einer Kuhle herausragen sehen und außer Absperrmaßnahmen noch nichts weiter unternommen. Ich bitte Sie, Melanie, zusammen mit einem Kollegen von der Spurensicherung (Spusi),

den Daniel beauftragen wird, hinzufahren und sich die Sache genauer anzusehen. Wenn es tatsächlich ein Leichenfund ist, läuft natürlich das volle Programm an. Übrigens werde ich auch Lutz Waski bitten, zum Fundort zu kommen, seine neue Wohnung ist ja nicht mal einen Kilometer davon entfernt. Da könnt Ihr euch gleich bei der Arbeit kennen lernen."
„Chef", meldete sich Frau Forstmann zu Wort: „Ich muss jetzt spontan an unsere große, bisher erfolglose Suchaktion von 2018 denken, wo es um das urplötzlich verschwundene mehrfach behinderte Mädchen ging. Ich weiß, dass diese Sache meinen Vorgänger Karlheinz Schwarz auch nach seiner Versetzung in den Ruhestand noch stark beschäftigt, sollten wir ihn nicht informieren?" „Warten wir erst einmal ab, was Ihr dort im Abteiwald vorfindet", entschied der Kriminalrat. „Wenn da tatsächlich eine Frauenleiche liegt, habe ich nichts dagegen, Karlheinz einzubeziehen, im Gegenteil, sein Wissen von den damaligen Vorgängen dürfte äußerst nützlich sein. Seine Reaktivierung halte ich aber vorerst noch nicht für nötig."
Damit gingen alle an die Arbeit.

3.

RÜCKBLENDE
Freitag, 10:00 Uhr

In Eppertshausen verläuft die Straße *Am Kreuzfeld* fast in einem nach Norden offenen Halbkreis und ist damit für jeglichen Durchgangsverkehr uninteressant. An der südlichsten Stelle hatten dort Werner und Liselotte Brenner Mitte der 80-iger Jahre des vorigen Jahrhunderts ein fast achthundert Quadratmeter großes Grundstück erworben und ein sehr schönes Zweifamilienhaus darauf gebaut. Beide Brenners waren bei der Lufthansa beschäftigt, er war Pilot, sie Stewardess. Werner Brenner, Jahrgang 1947, war in Eppertshausen geboren und groß geworden. Seine Eltern hatten bis 1982 eine kleine Landwirtschaft betrieben, diese dann aber aus Altersgründen aufgegeben und samt der Ländereien verkauft. Sie hatten sich in erheblichem Umfang an den Baukosten beteiligt und wollten in dem neuen Haus unten wohnen. Das junge Paar hatte 1985 geheiratet und bezog die obere Etage. Lieselotte war vier Jahre jünger als ihr Mann und stammte aus dem Nachbarort Münster. Noch vor der endgültigen Fertigstellung des neuen Hauses erlitt Werners Vater einen Herzinfarkt, dem er schließlich erlag. Er wurde nur 63 Jahre alt. So zog Werners Mutter

Martha allein ein und erreichte dort ein hohes Alter von über 90 Jahren, bis sie 2007 das Zeitliche segnete. Steffi Brenner kam 1987 zur Welt und hatte zu ihrer Oma ein besonders inniges Verhältnis, was sicher auch deshalb entstand, weil Liselotte Brenner etwa zwei Jahre nach der Geburt ihrer Tochter die Tätigkeit als Stewardess wieder aufnahm und noch einige Zeit fortsetzte. Da bei der Lufthansa die Dienstpläne von Piloten und Stewardessen kaum aufeinander abgestimmt sind, war es eine glückliche Fügung, dass Oma Martha für die kleine Steffi immer da war. So wuchs das Kind sorgenfrei heran. Ihre beste Freundin wurde Heidrun, deren Vater ebenfalls Pilot bei der Lufthansa und mit Werner Brenner eng befreundet war. Die beiden Mädchen besuchten dann gemeinsam die Walldorfschule in Dietzenbach, die sie 2007 mit guten Abiturnoten abschlossen. Keines der beiden Mädchen hat übrigens jemals die von ihren Müttern ausgehende Entscheidung bedauert, sie auf diese nicht unumstrittene Privatschule zu schicken. Auch die beiden Väter, die befürchtet hatten, dass die naturwissenschaftliche Bildung zu kurz käme, wurden eines Bessern belehrt.

Steffi wollte nach dem Abitur und den kurz darauf erfolgten Tod ihrer geliebten Oma aber weg von Eppertshausen. Sie begann ein Studium an der Verwaltungsfachhochschule in Leipzig, das sie 2010 als *Bachelor* abschloss. Danach bewarb sie sich beim Polizeipräsidium in Gera und wurde als Assistentin von Hauptkommissar Günter Schreiber, der auch damals schon Leiter der MUK war, eingestellt.

Nun saß sie mit Ehemann und Kind zusammen mit ihren Eltern am Frühstückstisch in ihrem Elternhaus und alle warteten auf den Möbelwagen, der das Umzugsgut von Gera anliefern würde. Lutz Waski hatte die Nacht noch in der alten Wohnung verbracht und dann gewartet, bis der bereits am Vortag beladene Möbelwagen abgefahren war. Er war vor kurzem mit seinen PKW angekommen und hatte zusammen mit Steffi das neue Zuhause inspiziert. In Steffis Elternhaus waren nämlich umfangreiche Veränderungen erfolgt. Steffis Eltern waren ins Erdgeschoss gezogen und oben waren alle Zimmer renoviert, eine neue moderne Küche eingebaut sowie das Bad neu gestaltet worden und im Gäste-WC gab es jetzt eine zusätzliche Duschkabine. Steffis Eltern hatten richtig viel Geld in die Hand genommen.

Nach dem Frühstück gingen die beiden Frauen mit dem kleinen Tobias, der die ganze Zeit friedlich geschlafen hatte, nach oben und Lutz folgte seinem Schwiegervater in dessen Arbeitszimmer. „Werner", begann Lutz das

Gespräch, „du weißt, dass ich der Absicht, mit euch zusammen zu ziehen, ziemlich skeptisch gegenüber stand. Alt und Jung unter einem Dach könnte zu Konflikten führen, besonders dann, wenn es um Kindererziehung geht, und da haben Steffi und ich durchaus eigene Vorstellungen. Was ihr uns aber hier an Wohnqualität anbietet, ist ja überwältigend und dass Tobias im Garten spielen kann, ist natürlich auch großartig. Wir müssen nun einmal über die Miete reden."

„Papperlapapp", antworte sein Schwiegervater, „von euch wollen wir keine Miete, letztendlich wird ja doch einmal Steffi alles erben."

„Na, da hätten wir ja schon einen ersten Streitpunkt", lachte Lutz. „Wir wollen nämlich einen regulären Mietvertrag mit euch abschließen, ihr braucht ja nicht die horrenden Quadratmeterpreise des Rhein-Main-Gebietes zu nehmen. Steuerlich ist es für euch sicher auch günstiger, wenn ein Mietvertrag existiert.

„Na gut, lenkte sein Schwiegervater ein, dann zahlen wir eben diese Beträge auf ein Konto für Tobias ein. Wie ist denn inzwischen dein Eindruck von Eppertshausen?"

„Ach weißt du", antwortete Lutz, „als Steffi mich das erste mal mit zu euch nach Hause nahm, hätte ich mir nicht vorstellen können, hier einmal leben zu wollen. Bei einem Wettbewerb um das schönste Dorf Hessens hätte

Eppertshausen garantiert keine Chance auf einen der vorderen Plätze. Der Franz-Gruber-Platz mit dem neuen Rathaus ist ja ganz hübsch, aber es fehlt – wie in so vielen kleinen Gemeinden, auch bei uns in Thüringen, – das urbane Leben. Bei unserer Hochzeit auf der *Veste Oetzberg* und der anschließenden Feier bei euch hier in der *Alten Krone* und nicht zuletzt auch durch die paar Mal, die du mich zum Skatverein mitgenommen hast, habe ich aber viele nette, aufgeschlossene und interessante Menschen kennengelernt. Ich denke inzwischen: Wichtig ist nicht so sehr, wo man wohnt, sondern in welchem Umfeld und mit welchen Menschen."

„Da hast du meine volle Zustimmung", kam die Antwort. „Übrigens war ich ja lange Jahre für die CDU Mitglied der Gemeindevertretung, kenne unseren jetzigen Bürgermeister, auch ein Eppertshäuser Bub, recht gut und weiß um die Bemühungen, den 1987 mit der Einweihung des neuen Rathauses umgestalteten Gruber-Platzes mit Leben zu erfüllen. Übrigens unser Skatverein *Die reizenden Buben,* der von Harald Kruse, einem der Frisöre im Ort, sehr gut geführt wird, wurde im vergangenen Jahr 50 Jahre alt. Vielleicht wirst du auch Mitglied. Wir spielen immer am Montag, da kommen auch immer auch Spieler aus Münster, Babenhausen und Dieburg. Manche

unserer Leute gehen dafür dann zu deren Spieltagen. Aber der Skatklub ist nicht der einzige Verein im Ort. Insgesamt sorgen über 40 Vereine für ein reges Leben und die neue Bürgerhalle, die 2012 eingeweiht wurde, bietet vielen vom ihnen ideale Bedingungen. Diese Halle entstand übrigens auf Initiative der CDU-Fraktion, bei den ersten Beratungen war ich noch dabei. Und dann solltet ihr einmal erleben, was zum Fasching hier los ist. Die Sitzungen des Karnevalvereins sind immer lange vorher ausgebucht und auch der HR war schon mit einem Fernsehteam hier bei uns. Dann gibt es noch die katholische und die evangelische Gemeinde, die beide auch Veranstaltungen anbieten, und drei Chöre existieren auch. Also, so trist wie manche denken mögen, kann ich das Leben hier nicht finden."
„Steffi wird sich sicherlich einem Chor anschließen", meine Lutz. „Sie schwärmt auch von der herrlichen Umgebung, vom Spessart und vom Odenwald. Dort soll es ja ein regelrechtes Felsenmeer geben."
„Mit dem Schwärmen hat Steffi recht", meinte ihr Vater. „Als sie noch Kind war und unsere Dienstpläne es zuließen, sind wir viel gewandert. Und dann vergiss nicht die kulturellen Angebote wie Theater, Konzerte, Ausstellungen usw., die die leicht erreichbaren Städte Frankfurt und Darmstadt bieten. Ich denke, du

wirst dich hier bei uns in Eppertshausen schnell einleben, für Steffi ist es ja eine Rückkehr in alte Zeiten. Außerdem freue ich mich auch auf eine gelegentliche Partie Schach am Abend mit einem Hauptkommissar. Ich habe lange nicht mehr gespielt."
„Na, da bleibt abzuwarten, was der Dienst hergibt", dämpfte Lutz die Erwartungen seines Schwiegervaters. Noch bin ich Oberkommissar, meine Beförderungsurkunde soll ich am Montag erhalten. Um 9:00 Uhr werde ich in Darmstadt erwartet und ich bin schon gespannt, wie mich die Kollegen aufnehmen."
„Da hätte ich an deiner Stelle wenig Sorge", meinte sein Schwiegervater. „Ich kenne dich und weiß, dass du mit Menschen umgehen kannst und dein Licht brauchst du auch nicht unter den Scheffel zu stellen. Natürlich gibt es überall Neider und manchmal auch Stinkstiefel. Das habe ich in meiner Laufbahn vom einfachen Piloten bis hin zum Chefausbilder auch erlebt. Aber ich bin voll überzeugt, dass du dich durchsetzten wirst."
„Ich auch", erhielt er zur Antwort, „sonst hätte ich mich nicht um den Posten hier beworben.

Inzwischen war auch der Möbelwagen eingetroffen und das Entladen hatte begonnen.
Nach einiger Zeit rief Lilo alle zu Tisch. Im Esszimmer duftete es köstlich. Lieselotte Brenner hatte Kartoffelsuppe mit Würstchen

zubereitet. Vor ihren gefüllten Tellern saßen schon beide Frauen und die drei Möbelträger. „Wir sind fertig", erklärte deren Wortführer. „Alle Umzugskartons stehen in denjenigen Räumen, die darauf vermerkt waren. Das Schlafzimmer ist aufgebaut und auch der Bücherschrank steht wieder zusammengebaut im Arbeitszimmer. Mit dem Schreibtisch hatten wir etwas Mühe, weil er ganz massiv ist. Diese beiden Möbelstücke sind ja was ganz Edles."
„Die habe ich von meinem Großvater", erklärte mit stolzer Stimme Lutz Waski. „Beide sind massiv aus Eiche, außen mit Nussbaum furniert und innen mit Buche, so etwas bekommt man heute wohl nicht mehr. Der Bücherschrank ist wohl schon mehr als zwanzigmal auseinander gebaut und wieder montiert worden. Die Rückwand hatte dabei wohl etwas gelitten. Ich hoffe, es gab keine Probleme." „Absolut nicht", kam die Antwort. „Wenn Sie bitte nach dem Essen unsere Arbeit begutachten würden und keine Beanstandungen haben, würden wir dann die Weiterfahrt antreten. Wir wollen in Darmstadt neue Fracht laden."
Es war dann nach 16:00 Uhr, als der Möbelwagen mit den drei Leuten, die ein reichliches Trinkgeld erhalten hatten, von dannen fuhr.

„Jetzt geht die Arbeit richtig los", meinte daraufhin Steffis Mutter. Bevor die Kisten alle ausgepackt sind, werden wohl noch einige Tage vergehen. Aber heute Nacht könnt ihr erstmals in euren eignen Betten im neuen Heim schlafen", sagte sie zu den jungen Leuten. „Das Kinderbett für Tobias steht ja auch erst einmal bei Euch, sein Kinderzimmer richten wir später ein. Also, auf an die Arbeit."

In dem Moment klingelte das Handy von Lutz Waski. Es meldete sich Kriminaloberrat Torsten Haase mit den Worten: „Kollege Waski, ich muss Sie bitten, ihren Dienst vorzeitig und zwar sofort anzutreten. Ich nehme an, Sie sind in Ihrem neuen Zuhause?" Lutz bestätigte dies und wollte wissen, was los sei. Sein neuer Chef sagte: „ Etwa einen Kilometer von Ihnen entfernt, im *Abteiwald* am Brunnen 25, wurde vor etwa zwei Stunden wahrscheinlich eine Leiche gefunden. Eine Streifenwagenbesatzung und Kollegen von uns sind vor Ort. Ich bitte Sie, hinzufahren und die Leitung des Falles zu übernehmen. Melanie Forstmann, die bisher bei uns im der K 10 die MUK kommissarisch geleitet hat, wird Sie am Fundort in Empfang nehmen. Wenn dort tatsächlich eine Leiche liegt, werde ich die Spurensicherung und Gerichtsmedizin informieren und die Staatsanwaltschaft unterrichten. Bitte halten sie mich auf dem Laufenden, ich bin jederzeit per Handy erreichbar. Nun wünsche ich Ihnen viel Erfolg bei Ihrem ersten Fall. Bei dem Termin am Montag bleibt es vorerst." Damit war das Gespräch beendet. Lutz informierte die übrigen Familienmitglieder über das eben gehörte und meinte: „Aus einem häuslichen Wochenende wird also nichts. Ich glaube, das war nicht zum letzten Mal, dass der Dienst unsere Pläne über den Haufen wirft."

„Na, bei dem Beruf, den du dir ausgesucht hast, ist das ja fast normal", schmunzelte sein Schwiegervater. „Zum Brunnen 25 fährst du übrigens am besten mit dem Fahrrad. Gleich hinter den letzten Häusern im *Failisch* beginnt ein Waldweg, der geradewegs in die richtige Richtung führt und dann wirst du deine Kollegen schon finden. Ich wünsche dir viel Glück." Lutz Waski zog sich kurz um, verabschiedete sich von Steffi, Lieselotte und Werner, warf noch einen Blick auf seinen schlafenden Sohn und fuhr davon.

4.

Freitag, 15:30 Uhr

Im Abteiwald am Brunnen 25 waren inzwischen Oberkommissarin Melanie Forstman und ihr Kollege von der Kriminaltechnik (KT), Oberkommissar Heinz Wohlfeld, eingetroffen und hatten sich von Polizeiobermeister Philip Martin und Oberkommissar Krause informieren lassen. Heinz Wohlfeld sah sich den Fundort an und war zufrieden, dass niemand auf eigene Faust etwas verändert hatte. Er holte Werkzeug aus seinem Auto. Vorsichtig legte er, von dem Handskelett ausgehend, weitere Bereiche frei und bald kam der Leichnam einer jungen Frau zum Vorschein. Das Gesicht war noch erstaunlich gut zu erkennen und weder dort noch an anderen Körperteilen waren äußerliche Verletzungen zu sehen. Die Bekleidung war spärlich, aber auch noch relativ gut erhalten. In der linken Hand – die rechte hatte herausgeragt und war wohl von Tieren angefressen worden – hielt sie ein kleines Büchlein im Oktavformat.

Wohlfeld hatte jeden seiner Schritte von Oberkommissar Uwe Krause fotografisch dokumentieren lassen, zusätzlich hatte Philip Martin die ganze Aktion per Video festgehalten. Vom Gesicht der Toten und dem Oktavheft wurden Großaufnahmen gemacht.

„Mehr kann ich jetzt nicht tun", beendete Heinz Wohlfeld seine Arbeit. „Hier müssen die Kollegen mit der vollen Ausrüstung ran und auch ein Gerichtsmediziner wird gebraucht."
„Ich habe soeben unseren Chef verständigt", erklärte Kommissarin Forstmann, „die Leute sind unterwegs."
„Wenn ich mal eine vielleicht voreilige Meinung sagen darf", meldete sich Oberkommissar Uwe Krause zu Wort, „haben wir hier Marion Schreiner gefunden. Ihr erinnert euch vielleicht an das vergangene Jahr, als das mehrfach behinderte Mädchen in der Nacht vom 2. zum 3. Dezember plötzlich aus der Babenhausener *Wohnstätte Leben lernen* verschwunden war. Wir haben ja tagelang gesucht und ihr Bild war in allen einschlägigen Zeitungen und auch im Fernsehen. Ich glaube, sie ist es."
„Sie mögen recht haben", bestätigte Melanie Forstmann, „aber Gewissheit werden wir erst durch weitere Untersuchungen erhalten. Trotzdem will ich Ihre Vermutung gern an unsere Zentrale weitergeben." Kriminaloberrat Torsten Haase hört sich ihren Bericht an, warnte aber eindringlich vor voreiligen Schlussfolgerungen. Seinen Kollegen und Freund Karlheinz Schwarz, der bis zu seinem altersbedingten Ausscheiden aus dem aktiven

Dienst die MUK im Kommissariat K 10 geleitet hatte, wollte er aber gern informieren.

Plötzlich rief Polizeimeister Martin: „Hallo, Frau Kommissarin, da hinten kommt ein Radfahrer direkt auf uns zu, den werde ich wohl stoppen müssen." Er stellte sich mitten auf den Weg, bat den Radfahrer abzusteigen und sagte: „Hier können Sie leider nicht weiterfahren, es läuft ein Polizeieinsatz, bitte kehren Sie um."

„Na, ich denke schon, dass ich weiterfahren darf", lächelte Lutz Waski. „Ich bin der Neue in der K 10 in Darmstadt und möchte zu Frau Melanie Forstmann. Das dahinten wird wohl die Oberkommissarin sein, eine andere Frau ist ja nicht da."

Nachdem er sein Rad an einem Baum gelehnt hatte, ging er auf diese zu, streckte ihr die Hand entgegen und sagte: „Hallo, Sie müssen Oberkommissarin Forstmann sein, ich bin Lutz Waski und da ich seit heute hier gleich nebenan in Eppertshausen wohne, hat mich unser Chef, Kriminalrat Torsten Haase, telefonisch hierher beordert. Ich freue mich, so eine hübsche Kollegin kennenzulernen, wenn auch unter etwas ungewöhnlichen Umständen."

Melanie Forstmann nahm die ausgestreckte Hand, musterte den vor ihr stehenden Mann, fand ihn eigentlich recht sympathisch, und antwortete: „Ja, eigentlich sollten wir uns ja am Montag um 9:00 Uhr im Präsidium treffen

und bis dahin wollte ich mich noch etwas vorbereiten, um Sie gleich gründlich über die Arbeit unserer MUK in den letzten Monaten informieren zu können.
Na, nun wollen wir mal sehen, wie wir hier weiterkommen. Aber ich denke, da werden wir wohl warten müssen, bis die Kollegen von Oberkommissar Wohlfeld, den ich Ihnen hiermit gleich einmal vorstellen möchte, mit ihrer Ausrüstung anrücken."
Die beiden Männer sahen sich an, gaben sich die Hand und sagten fast im gleichen Takt: „Auf gute Zusammenarbeit", da mussten beide lachen.
„Wenn ich schon beim Vorstellen bin", setzte Frau Fortmann das Gespräch fort, „die beiden anderen Kollegen sind von der Polizeistation Dieburg. Polizeiobermeister Martin und seine Kollegin, die jetzt mit dem Auto vorn an der Straße wartet, waren mit ihrem Streifenwagen als erste vor Ort, nachdem eine Frau Schreiner den makabren Fund gemeldet hatte. Oberkommissar Krause kam wenig später. Er glaubt übrigens, wie ich auch, dass wir hier Marion Greiner gefunden haben. Das Mädchen war mehrfach behindert und ist in der Nacht vom 2. zum 3. Dezember vergangenen Jahres plötzlich aus der Behindertenwohnstätte in Babenhausen verschwunden. Sie wurde tagelang mit großem Aufwand gesucht. Ihre Mut-

ter wohnt in Hergershausen, das ist auch nur fünf Kilometer entfernt."

„Vielleicht können wir sie nachher noch informieren", meinte Lutz Waski. „Anhand der Fotos vom Gesicht der Toten und des komischen Buches da in ihrer Hand könnte sie uns sicher bestätigen, dass wir ihre Tochter gefunden haben. Mir ist aber schon klar, dass wir ihr die Identifikation in der Gerichtsmedizin nicht ersparen können."

„Na, auf den Gerichtsmediziner werden wir wohl noch ein Weilchen warten müssen", antwortete seine Kollegin. „Für uns hier sind die Frankfurter zuständig. Mit denen hatten wir aber bisher keinerlei Probleme."

Noch während die beiden miteinander sprachen, kam von der Landstraße her ein hellgrauer Transporter vom Typ Mercedes-Sprinter und hielt hinter dem PKW, mit dem Forstmann und Wohlfeld gekommen waren. Letzterer begrüßte die drei Männer, die ausgestiegen waren und sagte zu den anderen: „Darf ich vorstellen: Mein Chef, Hauptkommissar Goebel und zwei meiner Kollegen.". Dann stellt er den Neuankömmlingen die anderen vor und schilderte die Lage und das, was er bisher unternommen hatte.

„Wir bauen über den Fundort unser Zelt auf und bringen Scheinwerfer in Stellung", entschied Kommissar Goebel. „Ich hoffe zwar,

dass wir heute noch fertig werden, aber bis zum Einbruch der Dunkelheit wohl nicht. Ihr wisst ja, Gründlichkeit geht bei uns vor Schnelligkeit." Damit gingen die vier Kriminaltechniker an ihre Arbeit.
Da kam auch schon ein Motorrad mit ziemlichem Tempo den Waldweg herangebraust.
„Jetzt kommt der schnelle – manche sagen auch verrückte – Heiko", stellte Melanie Forstmann fest. „Dr. Heiko Bruns ist Gerichtsmediziner in Frankfurt und dafür bekannt, dass er gern mit seiner Honda zu Tat- bzw. Fundorten kommt. Übrigens genauso bekannt sind seine manchmal recht flapsigen Sprüche. Aber die sind wohl ein Ausgleich für den täglichen Umgang mit Toten. Jedenfalls hat er in allen Fällen, in denen wir bisher mit ihm zu tun hatten, ausgezeichnete Arbeit geleistet."
Der in typischer Ledermontur gekleidete Motorradfahrer stieg ab, entledigte sich des Helmes und der Handschuhe und ging auf Melanie Forstmann zu: „Hallo Frau Oberkommissarin", begrüßte er sie. „Schön Sie mal wieder zu treffen, eine Apfelweinkneipe in Sachsenhausen wäre mir dafür aber lieber gewesen. Wo liegt denn unsere Prinzessin?"
Nachdem er sich die Tote in der Kuhle angesehen hatte, meinte er: „Wachküssen kann ich das Mädchen wohl nicht mehr, aber beim ersten Augenschein sind mir die Striemen am

Hals aufgefallen. Wenn es den Herren von der Spusi beliebt, könnten wir den Leichnam aus seiner bisherigen Lage befreien und vielleicht hier auf dem Weg ablegen."
Zwei Männer von Goebels Truppe hatten schon eine große Plane bereit liegen und vorsichtig legten sie die Tote darauf ab. Die Plastikplane, auf der sie vorher in der Grube lag, ließen sie zunächst dort.
Dr. Bruns schnallte seinen Gerätekoffer vom Motorrad, kniete sich neben die Leiche und ging an die Arbeit. Nach wenigen Minuten bat er einen der Kriminaltechniker, ihm beim Umdrehen des leblosen Körpers zu helfen.
Nach kurzer Zeit richtete sich Dr. Bruns auf und teile den ihm gespannt zuhörenden Kriminalisten mit: „Ich kann auf dem ersten Blick keine äußeren Verletzungen und auch keine Spuren irgendwelcher Abwehrhandlungen entdecken. Die Spuren am Hals deuten darauf hin, dass man die junge Frau mit einer Schnur erdrosselt hat, die wohl von hinten über ihren Kopf gezogen wurde. Das Ganze sage ich natürlich mit den Vorbehalt, den Sie sicher zur Genüge kennen: *„Mehr nach der Obduktion"*. Sehr unsicher bin ich allerdings bezüglich des Todeszeitpunktes."
Man informierte Dr. Bruns, dass es sich möglicherweise um Marion Greiner handeln könnte, die in der Nacht vom 2. zum 3. Dezember des

vergangenen Jahres aus ihrer Wohnstätte spurlos verschwunden war und trotz sofortiger aufwändiger Suche bisher nicht gefunden werden konnte.

„Ob die junge Frau gleich nach ihrem Verschwinden, also vor fast vier Monaten getötet wurde, kann ich so schnell nichts sagen", meinte Dr. Bruns. „Aber dafür, dass man den Leichnam vor fast vier Monaten hier abgelegt haben soll, ist er erstaunlich gut erhalten."

Hier schaltete sich Hauptkommissar Goebel ein: „Mir ist aufgefallen, dass der Boden hier ziemlich nass und fast moorähnlich ist. Moorleichen sollen sich ja ziemlich lange halten."

Dr. Bruns bedankte sich für den Hinweis, meinte, dass ihm dies auch aufgefallen sei und er zur Sicherheit ein paar Bodenproben mitnehmen würde, um vor allem auch deren Säuregehalt bestimmen zu können. Dann packte er seine Sachen zusammen, zog seine Motorradkleidung an und verabschiedete sich mit den Worten: „Lassen Sie die Tote zu uns in die Gerichtsmedizin nach Frankfurt bringen, ich werde mein eigentlich freies Wochenende opfern, aber vor Sonntagabend oder Montagfrüh können sie nicht mit Ergebnissen rechnen." Dann brauste er davon und wäre vorn an der Straße um ein Haar mit dem Leichenwagen kollidiert, der gerade in den Waldweg einbog. Diesem folgte ein PKW, ein etwas älteres Modell der Mercedes A-Klasse. Dem Leichenwagen entstiegen zwei Männer, die nach kurzer Begrüßung einen Zinksarg ausluden, die Leiche darin verfrachteten und gleich die Rückfahrt antreten wollten. Sie wurden von Kriminalrat i.R. Karlheinz Schwarz, der mit seiner A-Klasse gekommen war, mit den Worten gehindert: „Halt, ich möchte noch einen Blick auf die Tote werfen."

Der Zinksarg wurde also nochmals geöffnet, Schwarz schaute kurz hinein, nickte, und gab dann sein okay zum Abtransport der Toten.

Danach begrüßte er Oberkommissarin Forstmann und Lutz Waski, letzteren mit den Worten: „Hallo Herr Waski, wir kennen uns ja von Ihrem Vorstellungsgespräch im Dezember und ich gratuliere Ihnen zu der neuen Aufgabe, wenngleich man sich den Antritt einer neuen Stelle auch hätte anders vorstellen können. Aber nachdem ich von Torsten erfahren habe, dass wahrscheinlich Marion Greiner gefunden wurde, hatte ich keine Ruhe mehr und wollte mich persönlich überzeugen. Ich kann sagen, ja, sie ist es. Ich bin froh, dass dieser Fall, der mich auch nach meinem Ausscheiden aus dem aktiver Dienst nicht losgelassen hat, nun einer Klärung entgegen sieht und ich bin bereit, daran nach Kräften mitzuwirken."

Inzwischen hatte Polizeiobermeister Martin seine Kollegen mit dem Streifenwagen zurück

gerufen und die Mannschaft war vollzählig. Lutz Waski übernahm das Kommando und sagte: „Das weitere Vorgehen stelle ich mir folgendermaßen vor: Sie, Kollegin Forstmann, fahren zusammen mit Oberkommissar Krause zu Ursula Schreiner und fertigen das Protokoll vom Auffinden der Toten. Frau Schreiner hat sich offensichtlich an die Anweisung gehalten, Stillschweigen zu bewahren. Ansonsten hätten wir sicher eine Menge Neugieriger hier. Danach können Sie eigentlich Dienstschluss machen. Sie" damit wandte er sich an Obermeister Martin, „und ihre Kollegin, oder eine andere Streifenwagenbesatzung, die sie ablöst, hätte ich gern noch hier vor Ort, damit die Spusi ungestört arbeiten kann. Wir beide", sagte er zu Kriminalrat Schwarz, „sollten zur Mutter von Marion Greiner fahren und ihr die traurige Nachricht vom Auffinden ihrer Tochter überbringen. Ich bin froh, dass Sie dabei sein können, weil dann Frau Greiner ein bekanntes Gesicht zu sehen bekommt. Weiter schlage ich vor, dass wir uns morgen 10:00 Uhr in der Dienststelle treffen, die Dieburger Kollegen ausgenommen, in der Hoffnung, dass der Bericht der Spusi dann bereits vorliegt. Unseren Chef werde direkt ich nach dem Gespräch mit Frau Greiner informieren."
Mit Interesse hatte Karlheinz Schwarz den Ausführungen seines jungen Nachfolgers

zugehört und sagte dann mit leichtem Schmunzeln: „Gut, Kollege Waski, ich hätte genauso entschieden. Sind wir denn alle mobil?"

„Das Auto, mit dem Kollege Wohlfeld und ich gekommen sind, könnte ich nehmen", sagte Melanie Forstmann, „er kann sicher mit der Spusi zurückfahren. Oberkommissar Krause ist mit eigenem Wagen da und Sie beide" wandte sie sich ihrem ehemaligen Chef zu, „können ja mit ihrem Mercedes nach Hergershausen fahren."

„Damit ist ja alles klar", stellte Waski fest. „Auf dem Rückweg kann mich Kollege Schwarz dann hier absetzten und ich fahre mit dem Rad, das vorerst in Obhut der Spusi bleibt, nach Hause." Damit stieg er zu Kriminalrat Schwarz ins Auto und die beiden sowie Forstmann und Krause verließen den Fundort. Übrig blieben fleißig arbeitende Kriminaltechniker und eine Streifenwagenbesatzung, die sich langweilte.

„Ich bin froh, Sie, Kriminalrat Schwarz, an meiner Seite zu haben, Sie wissen sicher, wo Frau Greiner wohnt", eröffnete Lutz Waski das Gespräch. „Nun lass mal die Titelei", erhielt er zur Antwort. „Wir haben uns immer mit den Vornamen und SIE angeredete, so ein bisschen nach amerikanischem Vorbild. Ja, ich weiß, wo wir Frau Greiner finden, ich war schließlich im letzten Jahr oft genug dort. Sie lebt übrigens mit einem – wie ich finde netten Mann zusammen und die beiden haben vor vier Jahren geheiratet." Dann hielt Karlheinz Schwarz auch schon vor einem Zweifamilienhaus in der Hergershausener Bremer Straße.

„Hier im Erdgeschoss bewohnen Eveline Greiner und ihr Mann eine hübsche Dreizimmerwohnung", sagte Schwarz, stieg aus und betätigte die Klingel. „Mal sehen, ob jemand zuhause ist?"

„Ja bitte", ertönte eine Frauenstimme aus der Sprechanlage. „Frau Greiner, hier sind Karlheinz Schwarz, wir kennen uns, und mein Kollege Lutz Waski von der Polizei. Wir kommen wegen Marion, dürfen wir hereinkommen?" lautete die Antwort.

Der Türsummer ertönte, die beiden Männer gingen ins Haus und wurden in der geöffneten Wohnungstür von einer etwa fünfzigjährigen, mit einem hellgrauen Freizeitanzug bekleideten Frau empfangen: „Bitte kommen Sie ins Wohnzimmer, darf ich Ihnen", dabei sah sie Waski an, „meinen Mann vorstellen. Das ist Tom Fahrner, er ist eben von der Arbeit nach Hause gekommen. Sie", und sie wandte sich wieder Schwarz zu, „kennen ihn ja bereits."

Tom stand auf, schaltete den Fernseher aus,

begrüßte beide Polizisten mit Handschlag und fragte: „Was gibt es Neues von Marion?"
„Setzen wir uns erst einmal", schlug Karlheinz Schwarz vor. Währenddessen hatte Lutz Waski seine Blicke schweifen lassen und sah ein gut eingerichtetes, etwa 30 m^2 großes Wohnzimmer mit einem Esstisch, um den vier Stühle standen. Eine große Fensterfront gab den Blick auf eine Terrasse und den dahinter liegenden kleinen Garten frei. Vor der Fensterfront standen eine Couch, ein kleiner Tisch und zwei Polstersessel, gegenüber gab es eine helle Schrankwand, in der auch der Fernseher integriert war. Die beiden Polizisten nahmen in den Sesseln Platz, Eveline Greiner und ihr Mann auf der Couch. Kriminalrat Schwarz nahm das Wort: "Frau Greiner, es tut uns sehr leid, was wir Ihnen jetzt sagen müssen, aber ich glaube, wir haben ihre Tochter gefunden. Sehen sie sich die beiden Bilder einmal an." Damit legte er die Aufnahmen vom Gesicht der Toten und von dem kleinen Oktavheft auf den Tisch.
Frau Greiner sah bestürzt von den Bildern auf und bestätigte: „Ja, das ist unsere Marion. Das, was sie da in ihrer Hand hält, ist ein Einsteckalbum für Fotos. Ohne ihr Album ist Marion nirgendwo hingegangen, sie nahm es auch mit ins Bett. Wir haben ihr von Zeit zu Zeit immer ein neues Album mit aktuellen Bildern gege-

ben, dieses hier hat sie zu ihrem 31. Geburtstag am 11.11. bekommen.
Wo haben Sie Marion denn gefunden? Wissen Sie schon, wie sie ums Leben kam?"
Lutz Waski schilderte kurz, wie und wo das Mädchen gefunden worden war und dass derzeit am Fundort die Kriminaltechnik alles gründlich untersucht. „Mehr wissen wir vorerst leider auch noch nicht", beendete er seinen Bericht.
„Können wir, meine Frau und ich, jetzt gleich zu diesem Fundort fahren? Wir möchten ja unserer Tochter noch mal sehen", wollte Tom Fahrner wissen.
„Das ist leider nicht möglich", antwortete Karlheinz Schwarz. „Erstens ist dort die Kriminaltechnik fleißig beim Arbeiten und zweitens ist Ihre Tochter bereits auf dem Weg in die Gerichtsmedizin nach Frankfurt. Ein Arzt von dort war relativ schnell zur Stelle und nach seiner Aussage ist Marion vor ihrem Tod nicht gequält oder misshandelt worden. Sie können, nein Sie müssen, sich Ihre Tochter in der Rechtsmedizin nochmals anschauen, damit die Identifikation eindeutig wird. Ich denke, das könnte am Sonntagnachmittag erfolgen. Wir geben Ihnen bezüglich des Termins noch Bescheid und mindestens einer von uns beiden wird auch da sein. Den Fundort könnten Sie natürlich nachher, wenn unsere Techniker fer-

tig sind, ansehen, aber ich würde an Ihrer Stelle damit bis morgen früh warten, wenn es hell ist. Marions Leiche wurde in einer Grube im Abteiwald, direkt neben dem Brunnen 25 gefunden." Dann beschrieb er den Weg dorthin.

Kommissar Waski ergriff noch mal das Wort: „Frau Greiner, Herr Fahrig, es tut uns sehr leid, dass wir Ihnen eine so traurige Nachricht überbringen mussten. Ich komme aus Gera und habe dort an der Lösung mancher Mordfälle mitgewirkt. Hier bin ich neu und dies ist mein erster Fall im Bereich Darmstadt, aber mit Karlheinz Schwarz habe ich ja einen erfahren Kriminalisten an meiner Seite."

Frau Greiner antwortete: „Dass Marion tot ist, macht uns natürlich unendlich traurig, aber andererseits ist es auch gut, nun Gewissheit zu haben. Bitte finden Sie heraus, warum und von wem meine Tochter ums Leben gebracht wurde."

„Wir werden alles in unseren Kräften stehende tun, um diese Fragen zu klären", versicherte Lutz Waski. Damit standen die beiden Kriminalisten auf, um sich zu verabschieden. „Und ich habe Ihnen nicht einmal etwas angeboten", stellte Eveline Greiner unter Tränen fest, „aber ich bin ja so durcheinander."

Kriminalrat Schwarz beschwichtigte die Frau: „Das macht doch überhaupt nichts, wir werden uns in den nächsten Tagen sicher noch öfter treffen und da können Sie uns gern einen Kaffee vorsetzen. Kommen Sie bitte jetzt erst einmal ein bisschen zur Ruhe."

Dann gingen die beiden Männer zu ihrem Auto. Bevor sie losfuhren, sagte Lutz Waski: „Karlheinz, ich habe eine große Bitte an Sie. Könnten Sie mich bitte umfassend über das Verschwinden von Marion Greiner und die Suche nach ihr informieren? Das würde mir die Einarbeitung wesentlich leichter machen und ein langwieriges Aktenstudium ersparen."

„Aber gern, mein Junge", erhielt er zur Antwort. „Von mir aus gleich. Wissen Sie, ich bin Witwer, meine Frau ist vor zwei Jahren kurz nach unserer Rubinhochzeit, wie man den 40. Hochzeitstag ja nennt, gestorben. Nun lebe ich in unserem Haus mit Tochter, Schwiegersohn und zwei niedlichen Enkelkindern allein. Ich hätte also Zeit. Es fragt sich nur, wo wir uns unterhalten könnten."

„Das ist aus meiner Sicht überhaupt kein Problem", lautete Waskis Antwort. „Wie Sie wissen, war der Grund für meinen Versetzungsantrag unser Wohnsitzwechsel nach Eppertshausen. Heute kam der Möbelwagen und nun wohne ich ja gleich hier um die Ecke. In der Wohnung wird es zwar sicher noch chaotisch aussehen, weil überall Umzugskartons

herumstehen werden, aber bei meinen Schwiegereltern, die das Erdgeschoss bewohnen, wird sich schon ein ruhiges Plätzchen für uns finden. Ich rufe gleich mal zuhause an."
Er nahm sein Handy und erklärte nach einem kurzen Telefonat, dass man erwartet würde und auch ein bisschen neugierig sei.
Lutz Waski nannte seine Adresse, Im Kreuzfeld 15, 64859 Eppertshausen und beschrieb den Weg dorthin. Dann sagte er: „Karlheinz, wir fahren jetzt erst einmal zum Fundort, sehen wie weit die Kriminaltechnik ist, und dann nehme ich meinen Drahtesel und fahre heim. Sie fahren mit dem Auto und werden sicher vor mir dort sein. Klingeln Sie einfach bei Brenner, so heißen meine Schwiegereltern. Diese wissen ja, dass hoher Besuch von der Polizei kommt."
Karlheinz Schwarz lachte und meinte: „So machen wir das."

5.

Freitag 19:15 Uhr

Karlheinz Schwarz hatte das Haus der Brenners problemlos gefunden, davor sein Auto abgestellt und war auf dem Weg zur Eingangstür, die einen gepflegten Vorgarten zur Straße abschloss. Da wurde auch schon die Haustür geöffnet und es kam ihm ein älterer Mann mit dem Worten entgegen: „Ich bin Werner Brenner, der Schwiegervater von Lutz, und Sie müssen Kriminalrat Schwarz sein, kommen Sie doch bitte herein." Durch einen relativ geräumigen Flur gingen die beiden Männer in das Esszimmer, wo der Tisch für fünf Personen mit Wurst, Schinken, Käse, Butter und verschiedenen Antipasti gedeckt war. Die Hausfrau brachte soeben noch einen Korb mit Brot und Brötchen. „Meine Frau Lieselotte, wir alle nennen sie aber Lilo", stellte Werner Brenner seine Gattin vor. „Unsere Tochter Steffi ist noch oben und stillt den Kleinen. Wenn Lutz kommt, sollten wir erst einmal etwas essen und dann sind wir schon gespannt, was Sie uns erzählen dürfen. Ihre Unterhaltung mit Lutz kann dann in meinem Arbeitszimmer stattfinden, oben bei den jungen Leuten sieht es noch etwas wild aus. Sicher wollen Sie sich aber erst ein bisschen frisch machen und die Hände waschen. Das

Gäste-WC ist im Flur gleich links neben der Eingangstür zu finden."
Karlheinz Schwarz ging los und wäre beinahe mit dem zur Haustür hereinstürmenden Lutz Waski zusammengestoßen. Dieser sagte:„Ich gehe mal schnell nach oben, Steffi und den Kleinen begrüßen und mich etwas frisch machen."
„Seht zu, dass ihr nicht zu lange bleibt", mahnte seine Schwiegermutter. „Wir wollen essen und wenn Tobias nicht einschlafen will, dann bringt ihr ihn einfach mit".
„Was möchten Sie zum Essen trinken?" wurde der zurückkehrende Karlheinz Schwarz vom Hausherrn gefragt. „Lutz, meine Frau und ich nehmen sicher ein gut gekühltes Radeberger-Pils und Steffi wird wohl Milch trinken wollen."
„Gegen ein Bier hätte ich nichts einzuwenden", kam die Antwort. „Ich muss dann zwar nachher noch mit dem Auto fahren, aber bis dahin dürfte noch einige Zeit verstreichen."
Werner Brenner holte das Bier aus dem Kühlschrank und begann, die bereitstehenden Gläser zu füllen. Da kamen auch schon und Lutz und seine Frau die Treppe herab. Steffi begrüßte den Kriminalrat und bemerkte, dass der Kleine eingeschlafen sei. Dann setzten sich alle zu Tisch. Beim Essen wurde über die Tote im Abteiwald nicht gesprochen. Es schien ein

ungeschriebenes Gesetz unter den Kriminalleuten zu sein, während der Mahlzeiten die aktuellen Fälle ruhen zu lassen. Aber natürlich unterhielt man sich. Werner Brenner erzählte von seiner früheren Tätigkeit als Pilot, wobei insbesondere Karlheinz Schwarz sein Interesse durch manche Zwischenfrage kundtat. Steffi berichtete von dem erfolgten Umzug und war sichtlich froh, dass dieser ohne größere Pannen über die Bühne gegangen war.
Nachdem alle gesättigt waren, fragte aber der Hausherr dann doch. "Herr Kriminalrat, was dürfen wir von dem aktuellen Fall erfahren?"
Dieser antwortete: „Als erstes möchte ich mich für das gute Abendessen bedanken. Wenn man wie ich als Witwer sehr oft allein am Tisch sitzt, macht doch so ein Essen in Gesellschaft viel mehr Freude. Zweitens möchte ich darum bitten, alle Titelei beiseite zu lassen. Ich habe vorhin Lutz schon gesagt, dass wir uns im Dienst fast alle mit SIE und den Vornamen anreden, also, ich bin Karlheinz. Drittens schließlich denke ich, dass Lutz berichten sollte, man sollte der Jugend ja auch eine Chance geben", schloss er mit einem Schmunzeln. „Große Polizeiinterna kann er nicht verraten, es gibt nämlich bisher keine."
„Na, Herr Kriminalhauptkommissar Waski, da schießen Sie man los", wurde dieser von seiner Frau aufgefordert.

Lutz lachte: „Hauptkommissar bin ich frühestens am Montag und dann sind wir doch eigentlich schon ein paar Tage per Du, oder willst du das ändern?" Alle lachten und Lutz begann seinen Bericht. Er schilderte, wie die Leiche von Marion Greiner entdeckt wurde, wie die Spurensicherung ihre Arbeit aufgenommen hat und wie sein Besuch bei Eveline Greiner und ihrem Mann Tom in Hergershausen verlief, wobei er hervorhob, dass er froh war, Karlheinz an seiner Seite gehabt zu haben. Er ging dann besonders auf das Einsteckalbum mit den Bildern ein und meinte zum Schluss: „Es dürfte eindeutig sein, dass es sich bei der Toten um die am 2. oder 3. Dezember vorigen Jahres aus der Behindertenwohnstätte in Babenhausen verschwundene Marion Greiner handelt. Ob die damals 31-jährige junge Frau bereits vorher oder erst später zu Tode kam, wissen wir derzeit genauso wenig wie den Grund, warum sie getötet und ausgerechnet in unserem Abteiwald vergraben wurde. Wie Karlheinz schon angedeutet hat, haben Mutter und Tochter Greiner komplizierte Zeiten hinter sich, weil das Mädchen von Geburt an mehrfach behindert war. Genaueres will er mir jetzt erzählen. Dazu werden wir uns jetzt in Werners Arbeitszimmer zurückziehen."

Lutz und Karlheinz standen auf und letzterer sagte zu Werner: „Wenn Sie wollen, können Sie gern mitkommen, große Geheimnisse habe ich nicht zu verkünden und dass Sie persönliche Informationen über die Familie Greiner hier im Ort kursieren lassen, halte ich natürlich für völlig abwegig."
„Ich nehme Ihr Angebot gern an", antwortete Werner, „bitte folgen Sie mir nach nebenan."
Karlheinz war überrascht, als er den Raum betrat. Er hatte ein gutes altes Herrenzimmer mit antiken Möbelstücken erwartet und befand sich plötzlich in einem hellen, modern eingerichteten, fast wie ein Büro anmutenden Raum. An den Wänden hingen zwei abstrakte Bilder, von denen er nicht einschätzen konnte, ob es Originale oder Kopien waren. Es gab aber auch eine Sitzecke, die schon durch den darunter liegenden edlen Teppich sowie der Farbe der Polster einladend wirkte. Fünf bequeme Sessel standen um cinen kleinen Glastisch. In drei von ihnen ließen sich die Männer nieder. Werner ging zu einem der Schränke, öffnete eine kleine Hausbar und fragte: „Was darf ich anbieten?" Karlheinz wollte nur ein Glas Bitterlemon, Werner und Lutz nahmen einen Cognac.
Dann begann Karlheinz seinen Bericht mit den Worten: „Ich hatte in meiner langjährigen Tätigkeit mit sehr vielen Menschen zu tun und

habe die unterschiedlichsten Charaktere kennen gelernt, aber eine so starke Persönlichkeit wie Frau Greiner ist mir vorher noch nicht untergekommen. Ich bin von dieser Frau tief beeindruckt und wenn ich mit meinem Bericht fertig bin, werden Sie verstehen, warum."
Von Karlheinz erfuhren dann die beiden Männer folgende Fakten:
Eveline Greiner ist heute Leiterin der Steuerprüfung beim Finanzamt Dieburg. Ihr Weg bis dorthin war allerdings alles andere als leicht. Geboren wurde sie im Juni 1965 in Heusenstamm, dort ist sie auch aufgewachsen, man kann sagen in recht ärmlichen Verhältnissen. Ihre Mutter, die schon eine siebenjährige Tochter hatte, verdiente als Näherin in einer Lederhandschuhfabrik nicht viel und ging nebenbei noch putzen. Von Evelines Vater wurde sie nach dreijähriger Ehe geschieden, da war Evi zwei Jahre alt. Als die Mädchen größer wurden, mussten sie durch Austragen von Zeitung und Werbematerialien zum Familienunterhalt beitragen. Eveline hatte dann das Glück, bei ihrem Mathematiklehrer manchmal als Babysitterin gebraucht zu werden. In der Schule lief es für Eveline ausgesprochen gut, sie zeigte in allen Fächern gute bis sehr gute, in Mathematik sogar ausgezeichnete Leistungen und bestand das Abitur mit einem Notendurchschnitt von 1,3.

Auf Anraten ihres Lehrers hat sich Eveline dann beim Finanzamt Dieburg für ein duales Studium mit dem Ziel beworben, den Abschluss als Diplom-Finanzwirtin zu erwerben. Sie wurde angenommen und begann 1985 ein dreijähriges Studium an der Hessischen Hochschule für Finanzen und Rechtspflege in Rotenburg an der Fulda (HHFR). Sie verliebte sich in den gleichaltrigen Kommilitonen Jörg Leinbach und die beiden planten eine gemeinsame Zukunft. Da kam am 11.11.1987 ihre Tochter Marion zu Welt. Trotz der Belastung durch Geburt und Mutterschaft hat Eveline ihr Studium planmäßig und mit sehr guten Ergebnissen abgeschlossen, wobei sie – zumindest am Anfang – von ihrem Partner gut unterstützt wurde. Ab 1988 war Eveline dann beim Finanzamt Dieburg als Steuerinspektorin angestellt, ihr Freund in gleicher Position beim Finanzamt Offenbach. Alles schien gut, bis sich herausstellte, dass sich das Kind nicht normal entwickelt. Für Eveline begann eine Zeit, wo sie von einem Arzt zum nächsten geschickt wurde, keiner wollte etwas Genaueres sagen, niemand ihr Hoffnung machen. Schwangerschaft und Geburt waren ganz normal verlaufen, aber das Kind lernte erst viel später als andere das Krabbeln, das Sitzen und das Laufen. Obwohl Marion hören konnte, lernte sie nie sprechen, sie konnte lediglich

einige unartikulierte Laute von sich geben. Die Feinmotorik bildete sich auch nicht aus. Die Vermutung der Ärzte, dass Stoffwechselerkrankungen ursächlich für die erheblichen Entwicklungsdefizite sein könnten, hatte sich auch nach aufwändigen Untersuchungen nicht bestätigt. Die Neurologen kamen dann zu dem Ergebnis, dass es während der Schwangerschaft zu einer irreparablen Hirnschädigung gekommen sei, die man aber weder genauer beschreiben noch heilen könne. Nach ausführlichen Begutachtungen wurde Marion als mehrfach behindert eingestuft.
Jörg Leinebach kam mit der Situation überhaupt nicht zurecht, trennte sich von Eveline und seinem Kind und zog nach Norddeutschland, hatte aber die Vaterschaft anerkannt und in den ersten Jahren auch regelmäßig Unterhalt überwiesen. Eveline zog mit ihrer Tochter zur Mutter nach Heusenstamm. Da die Schwester inzwischen ausgezogen war und mit ihrem Freund irgendwo im Raum Cottbus lebte, blieb Eveline mit ihrem Kind bei der Mutter und die drei Frauen richteten sich in der kleinen Heusenstammer Wohnung mehr schlecht als recht ein. Das Hauptproblem aber blieb natürlich die Behinderung von Marion. Eveline hat dann nur halbtags gearbeitet und Marion fand Aufnahme in einem Kindergarten für Behinderte und hat dann auch eine entsprechende Schule

besucht. Die fürsorgliche Betreuung von Mutter und Oma bewirkten, dass sich das Kind wohlfühlen konnte.
Dann bekam Marion einen Platz in der Wohnstätte *„Leben lernen in Babenhausen*, die unter dem Dach der 1946 in Hessen gegründeten Stiftung *Leben ist lebenswert* vor einigen Jahren neu geschaffen wurde."
Der Umzug in diese Wohnstätte erwies sich für Marion als Glücksfall. Sie lebte dort in einer Wohngruppe mit drei Jungen und vier Mädchen. Jeder hatte sein eigenes Zimmer. Für die Betreuung waren täglich zwei Mitarbeiter am Vormittag und zwei am Nachmittag anwesend, wobei eine besonders enge Bindung zwischen Marion und Frau Paulsdorf bestand.
Das Leben im Heim, die täglichen vielfältigen Beschäftigungen, die Anleitungen zur Selbstständigkeit beim An- und Ausziehen, beim Tischdecken, beim Einräumen des Geschirrspülers usw. sowie auch die manuelle Arbeit in der Behindertenwerkstatt führten bei Marion zu einem deutlichen Entwicklungsfortschritt.
2002 hatte Eveline dann über das Internet Tom Fahrner, der in Berlin als Flugzeugmechaniker tätig war, kennengelernt. Die beiden hatten sich ein paar Mal getroffen und beschlossen, es miteinander zu versuchen. Tom wurde 1960 in Ostberlin geboren, hatte nach dem Schulabschluss mit mittlerer Reife zunächst eine Lehre

als Werkzeugmacher abgeschlossen und sich dann bei der Interflug, wie die DDR-Luftlinie hieß, zum Triebwerksmechaniker ausbilden lassen. Eine gescheiterte Ehe lag hinter ihm und seine Freunde warnten vor einer Bindung an eine Frau mit einem behinderten Kind. Aber Tom Fahrner versicherte mir, dass er seine Entscheidung, mit Eveline ein gemeinsames Leben zu führen, keinen Tag bereut habe. Die beiden zogen dann Anfang 2003 nach Hergershausen. Von Tom, der schnell eine Anstellung am Flughafen Frankfurt bei der Lufthansa gefunden hatte, habe ich dann viel über Marion erfahren. Das Mädchen konnte nicht sprechen oder sich anders artikulieren, wohl aber verstand sie ziemlich viel, auch dank des Lernens im Heim. Als Beispiel nannte Tom: „Wenn ich zu Marion sagte, gehe bitte in die Küche und hole den Salzstreuer, dann ging sie los und brachte das Gewünschte. Aber das klappte nicht immer, manchmal reagierte Marion überhaupt nicht."

Insgesamt zeigte sie sehr deutlich autistische Züge. So war ihr Ordnungssinn stark ausgeprägt, alles musste an seinem Platz sein. Wenn am Esstisch einmal ein Löffel schief lag, rückte sie ihn gerade, wenn auf der Kleidung der Mutter ein Fussel zu sehen war, wurde er entfernt, wenn ein Glas nicht leer war, musste es ausgetrunken werden.

Erstaunlich war auch ihr sehr gutes Gedächtnis, sie erkannte Gebäude oder auch Personen, die sie gesehen hatte, schnell wieder.
Wenn z.B. die Eltern von Tom zu Besuch kamen, nahm sie ihr Einsteckalbum, suchte und zeigte dann ein Bild, auf dem diese zu sehen waren. Das Einsteckalbum mit Bildern im Format 10 x 13, die von Eveline, Tom nannte sie nur Evi, auch immer aktualisiert wurden, war ihr Ein und Alles. Das Album gab Marion praktisch nie aus der Hand.

In den letzten Jahren hatte sich ein Rhythmus eingespielt, nach dem Evi und Tom das Mädchen alle 14 Tage für ein Wochenende nach Hergershausen holten. Marion freute sich, wenn sie am Sonnabend diesen Ort erreichten und sie freute sich, wenn sie am Sonntag ihr Heim in Babenhausen erkannte und ihr Zimmer wieder beziehen konnte. Mehrmals im Jahr fuhren auch Mutter und Tochter gemeinsam für ein paar Tage in den Urlaub. Problematisch waren Zahnarztbesuche. Da Marion nur unter Vollnarkose behandelt werden konnte, musste ihre Mutter immer dabei sein.
In dem Zusammenhang hielten wir auch eine Episode für wichtig, die Frau Greiner nach Marions Verschwinden schilderte.
Etwa zwei Wochen vor ihrem Verschwinden musste Marion zum Zahnarzt nach Aschaffen-

burg. Weil Evis Auto in der Werkstatt war, fuhren die beiden mit dem Zug.

Der Zug war voll und Frau Greiner bat einen jungen Mann, seinen Platz für ihre behinderte Tochter frei zu machen. Dieser stand auf und murmelte, „die hätten Sie auch besser abgetrieben".

Evi Greiner sprach daraufhin den jungen Mann an und es entwickelte sich, wenn ich mich richtig erinnere, folgender Dialog, aber genauer steht die Sache in den Akten:

Eveline Greiner (E): „Sie meinen also, dass Behinderte kein Recht haben zu leben?"

Der junge Mann (J): „Na ja, aber sie leben ja von unseren Steuergeldern und nützen niemandem."

E: „Darf ich fragen, wie viel Steuern Sie im Jahr zahlen, ich bin nämlich beim Finanzamt?"

J: „Ich zahle keine Steuern, ich kriege Hartz 4. Aber dann gibt es ja noch das ganze Ausländergesocks, die kommen doch nur, weil sie hier alles umsonst kriegen. Das sind doch keine Deutschen. Na, die AfD wird da schon Ordnung schaffen."

E: „Eine solche Ordnung hatten wir in Deutschland schon einmal. Da wurden Behinderte als so genanntes lebensunwertes Leben in Heime weggesperrt, von Ärzten, die einen Hippokratischen Eid geschworen hatten, für Versuche missbraucht oder auch gezielt getötet. Und die anderen Menschen wurden eingeteilt in Herrenmenschen und Untermenschen. Letztere, zu denen auch alle Juden gerechnet wurden, hat man in Konzentrationslager geschafft und dort zu Millionen umgebracht. Von Auschwitz haben Sie sicher schon mal etwas gehört. Das war System und die sogenannte Ordnung im Dritten Reich von 1933 bis 1945. Wollen Sie wirklich so etwas wieder?"

J: „Soweit habe ich noch nie gedacht".

E: „Aber das auch Sie nur von unserer Steuergeldern leben, ist Ihnen schon klar? Hier gebe ich Ihnen einmal meine Karte. Sie können mich gern im Amt besuchen, unsere Sprechzeiten stehen hinten. Vielleicht kann ich etwas für Sie tun, ich kenne da schon einige Leute."

Während des gesamten Gespräches hatten sich Marion und der junge Mann sehr intensiv angeschaut.

Wir haben den jungen Mann natürlich ermittelt und überprüft. Mit dem Verschwinden von Marion hatte er nichts zu tun und er hat wohl inzwischen auch die Kurve gekriegt.

Am vergangenem 2. Dezember, es war der erste Advent, hatte Tom Fahrner Marion in die Wohnstätte zurückgebracht. Er ist mit ihr bis zu ihrem Zimmer gegangen und hat sie dort Frau Manuela Paulsdorf übergeben.

Das normale Leben im Heim ging seinen gewohnten Gang, Marion kam pünktlich zum Abendessen und war wie immer zur Nachtruhe auch in ihrem Zimmer.

Gegen 24:00 Uhr ging die diensthabende Erzieherin Astrid Laufner den üblichen Rundgang, es war alles in Ordnung, die Fenster und Türen waren ordnungsgemäß verschlossen, alle Bewohner lagen im Schlaf.

Bei ihrem Kontrollgang um 3:00 Uhr fand sie allerdings die Tür zum Hof einen Spalt offen stehend. Die sofortige Kontrolle aller Zimmer ergab, dass Marion Greiner nicht da war. Frau Laufner alarmierte sofort die stellvertretende Wohnstättenleiterin, Henriette Tarnow, die ebenso wie der Leiter Edwin Berndow eine Dreizimmerwohnung im Nebengebäude innehatte. Henriette Tarnow war allein in der Wohnung, weil sich ihr Mann, ein ET-Servicetechniker, auf Dienstreise befand. Sie zog sich sofort an, beauftragte Frau Laufner, alle Pflege- und Hilfskräfte, die zwar keinen Dienst hatten, aber in ihren Zimmern schliefen, zu wecken, um mit ihnen gemeinsam das Heim nach Marion Greiner abzusuchen. Dann griff sie zum Handy und rief ihren Chef an. Edwin Berndow war seit einem reichlichen Jahr verwitwet, seine Frau war nach fast dreißigjähriger Ehe einem Krebsleiden erlegen. In dieser Nacht war er bei Annegret Reismann, die eine Wohnung in Babenhausen hatte. Die beiden kannten sich schon lange, weil der Sohn von Annegret, Michael Reismann, auch mehrfach behindert war und bis zu seinem plötzlichen Tod vor zwei Wochen in der gleichen Lerngruppe wie Marion Greiner gelebt hatte. Er wurde 33 Jahre alt, als Todesursache wurde Herzversagen angegeben.

Edwin Berndow und Annegret Reismann fuhren unverzüglich zur Wohnstätte und beteiligten sich an der Suche nach Marion. Auch deren Mutter und Tom Fahrner, sie hatten bis nach 24:00 Uhr mit Freunden Karten gespielt, waren inzwischen eingetroffen.

Das Zimmer von Marion Greiner machte einen aufgeräumten Eindruck, ihre Anziehsachen lagen geordnet auf einem Stuhl, wie jeden Abend. Sie musste im Schlafanzug unterwegs sein, allerdings war einer ihrer roten Hausschuhe unter dem Bett liegen geblieben.

Das Personal hatte alle Räume im Haus und auch die angrenzenden Gebäude gründlich durchsucht, von den Böden bis zu den Kellern. Dann hatten sie die Suche auf das umliegende Grundstück ausgedehnt. 3:45 Uhr wurde die

Polizei informiert. Ein erster Streifenwagen war 3:55 Uhr vor Ort, um 4:30 Uhr traf dann Oberkommissar Uwe Krause von der Polizeistation Dieburg ein und übernahm die Leitung der Suchaktion. Man ging davon aus, dass Marion Greiner entweder aus eigenem Antrieb ihr Zimmer und das Heim verlassen hatte oder gewaltsam entführt worden war. Eine Hundestaffel wurde noch in den Morgenstunden eingesetzt, ein Hubschrauber mit Wärmebildkamera überflog ab 6:00 Uhr das gesamte Gelände und die angrenzenden Waldgebiete. Diese wurden dann auch von einer Hundertschaft der Bereitschaftspolizei durchkämmt. Schließlich wurde noch am 3. Dezember über Rundfunk und Lautsprecherdurchsagen der Polizei in Babenhausen und den angrenzenden Dörfern die Bevölkerung um Mithilfe gebeten. Karlheinz Schwarz beendete seinen Bericht mit den Worten: „Heute wissen wir, dass die gesamte, mit großem Aufwand durchgeführte Suchaktion damals ohne Ergebnis bleiben musste. Marion Greiner blieb verschwunden, bis schließlich heute ihre Leiche entdeckt wurde. Warum und wie sie zu Tode kam, warum ihre Leiche im Eppertshausener Abteiwald vergraben wurde und wie sie dorthin kam, ist zur Stunde völlig unklar. Ich denke, hier wartet viel Arbeit, aber immerhin haben wir auch erste Ansatzpunkte."

Es war inzwischen nach 22:00 Uhr, Lutz Waski bedankte sich bei Karlheinz für die ausführlichen Informationen und sagte: „Im Moment können wir nichts weiter tun. Für morgen 10:00 Uhr ist eine Beratung im Kommissariat angesetzt, bei der auch die Kollegen von der Spusi berichten werden. Es wäre schön, wenn Sie, Karlheinz, auch dazu kommen könnten."
„Natürlich komme ich", erwiderte dieser, „aber jetzt werde ich die Heimfahrt antreten."
Nach dem allgemeinen Verabschieden und Gute-Nacht-Sagen gingen Steffi und Lutz nach oben, wobei Steffi meinte: „Die erste Nacht in unserm neuen Domizil hatte ich mir eigentlich etwas anders vorgestellt." „Ich auch", schmunzelte ihr Mann, „aber die Nacht ist ja noch nicht zu Ende." „Hoffentlich lässt uns Tobias durchschlafen", meinte Steffi. „Ich werde ihn jetzt nochmals stillen und komme dann ins Bett, geh du schon mal vor."
Eine Stunde später lag dann das Ehepaar Waski eng aneinander gekuschelt in den Federn und war glücklich.

6.

Sonnabend, 9:50 Uhr

Die Leiterin der *Regionalen Kriminalinspektion Darmstadt (RKI)*, Polizeioberrätin Juliane Weißgerber, hatte in ihrem Büro eben Kriminalrat Torsten Haase, den Leiter des Kommissariates K 10 *Gewaltverbrechen (MUK), Vermisstenstelle, Raubstraftaten und Brandursachenermittlung, Waffendelikte, Sexualverbrechen/Kinderpornographie* sowie Hauptkommissar Daniel Goebel, den Leiter der Kriminaltechnik, zur der auch alles was mit Spurensicherung zusammenhängt gehört, begrüßt, als es klopfte.

Auf ihr „herein!" betraten Oberkommissarin Melanie Forstmann, die kommissarische Leiterin der MUK im K 10 und ihr Vorgänger im Amt, der Kriminalrat i.R. Karlheinz Schwarz sowie Lutz Waski den Raum.

Juliane Weißgerber begrüßte auch die Neuankömmlinge und wandte sich dann Letzterem zu: „Herr Waski, ich freue mich, Sie persönlich kennenzulernen und hoffe, dass sie sich bei uns schnell einleben werden und wir am Beginn einer erfolgreichen Zusammenarbeit stehen. Eigentlich war ja Ihr Dienstantritt für kommenden Montag vorgesehen und ich hatte auch geplant, Sie dann allen Kommissariatsleitern vorzustellen und Ihnen ihre Beförderungsurkunde zum Kriminalhauptkommissar zu überreichen. Die aktuellen Ereignisse, nicht nur die in Eppertshausen, erfordern aber ein anderes Handeln. Ich gratuliere Ihnen also hier und heute zu Ihrer Beförderung. Die entsprechende Urkunde, ihr Dienstausweis und ihre Dienstwaffe liegen hier in meinem Safe, vergessen Sie bitte nicht, diese Dinge nach dem Ende unserer Beratung an sich zu nehmen." Die Polizeioberrätin ging auf Lutz Waski zu, schüttelte ihm die Hand und sagte: „Herr Hauptkommissar, auf eine gute Zusammenarbeit. Das sonst übliche Anstoßen und Ihre offizielle Vorstellung verschieben wir auf einen späteren, günstigeren Zeitpunkt. Und nun wollen wir einmal hören – soviel Zeit habe ich noch – was die Spurensicherung im Abteiwald von Eppertshausen zutage gefördert hat."

Hauptkommissar Goebel nahm das Wort: „Von unserer Abteilung war als erster Oberkommissar Wohlfeld vor Ort. Ausgehend von der skelettierten Hand hat er mit der nötigen Vorsicht die Tote freigelegt, von der wir inzwischen wissen, dass es sich um die seit dem 2.12. des Vorjahres vermisste Marion Greiner handelt. Sie lag auf einer Plastikplane in einer Grube, die 1,10 m tief, 1,80 m lang und 0,80 m breit war. Diese Grube befindet sich unmittelbar neben dem Brunnen 25 und war offensichtlich von einem Bagger ausgehoben worden, allerdings schon vor längerer Zeit. Der gesamte Abteiwald ist ja Wassereinzugsgebiet und an vielen Stellen befinden sich Brunnen, die regelmäßig gewartet werden. Unsere Nachfrage beim Zweckverband Gruppenwasserwerk Dieburg (ZVG) ergab, dass am 27.7. des vergangenen Jahres beim Brunnen 25 ein Bagger eingesetzt worden war, um einen jungen Baum zu roden, der bei weiterem Wachsen den Brunnen hätte beschädigen können. Die dabei entstandene Grube blieb offen. Wir gehen davon aus, dass die Täter, es müssen mindestens zwei gewesen sein, die Leiche auf der Plastikplane – zu der komme ich gleich noch – transportiert und in der Grube abgelegt haben. Dabei sind sie offenbar ziemlich hastig vorgegangen, die Tote lag nicht auf dem Rücken, sondern auf der linken Seite, wodurch der rechte Arm höher zu liegen kam. Dann wurde die Grube mit dem noch liegen gebliebenen Baggeraushub sowie mit verrottetem Laub verfüllt. Die Spurenlage zeigte, dass dazu ein Spaten und eine Schaufel verwendet wurden, was wiederum auf zwei Täter hinweist. Bei diesen Arbeiten müssen um die Grube herum Fußspuren entstanden sein, wir konnten aber trotz sorgfältiger Suche keine finden. Es fanden sich auch keinerlei Spuren von einem Fahrzeug, mit dem man ja die Lei-

che bis zum Fundort hatte bringen müssen. Da der Brunnen 25 aber nur durch einen Graben von einem relativ oft genutzten Waldweg getrennt ist, war hier auch nichts zu erwarten.
Durch Witterungseinflüsse, insbesondere durch das Frühjahrstauwetter, hatte sich das Erdreich in der Grube gesetzt, so dass die rechte Hand nur noch wenige Zentimeter unter der Oberfläche lag. Wir haben Spuren gefunden, die besagen, dass ein Tier, mit hoher Wahrscheinlichkeit ein Fuchs, dort gescharrt, die Hand freigelegt und abgenagt hat.
Die Tote hatte lediglich einen zweiteiligen Schlafanzug an und nur einen roten Hausschuh. Sie lag, wie schon gesagt, auf einer Plastikplane und war teilweise auch von dieser bedeckt. Die Plane war 2,50 m lang und 1,80 m breit und mit 0,5 mm relativ dick. Solche Planen gibt es in jedem Baumarkt und sie werden meist zu Abdeckzwecken verwendet. Die in der Grube vorgefundene Plane wies auf der Oberseite nur Spuren der Toten und deren Kleidung auf. Auf der Unterseite hafteten aber Sandpartikel an, die nicht aus dem Abteiwald stammen können. Es könnte sein, dass mit dieser Plane einmal ein Sandkasten auf einem Spielplatz bedeckt worden war.
Bedeutsamer dürften allerdings zwei Fingerabdrücke sein, die wir an einer Ecke gefunden haben. Oben gibt es den Abdruck eines Dau-

mens und genau darunter den eines Zeigefingers. Jemand hat also die Plane an einer Ecke mit der bloßen Hand angefasst. Ob das im Zusammenhang mit der Toten steht, ist allerdings völlig unklar. Die Abdrücke sind alt und auch verwischt, konnten von uns aber gesichert werden. Allerdings sind sie in unserer Kartei nicht registriert. Weitere Erkenntnisse habe ich leider nicht zu bieten", schloss Kommissar Goebel seinen Bericht.

Kriminalrat Torsten Haase ergriff das Wort: „Nach Lage der Dinge müssen wir davon ausgehen, das Marion Greiner vorsätzlich getötet, also ermordet wurde. Die Täter kannten und nutzten eine im Abteiwald vorhandene Möglichkeit, die Leiche zu vergraben. Die Klärung dieses Falles übernimmt unsere Morduntersuchungskommission. Die Leitung übertrage ich hiermit Hauptkommissar Lutz Waski. Oberkommissarin Forstmann und ein weiterer Kollege meines Kommissariates, den ich noch benennen werde, sind ihm unterstellt. Bei Bedarf werde ich weitere Beamte dazu beordern. Die freiwillige Mitarbeit von Kriminalrat Schwarz wird gern angenommen. Wenn sie drei jetzt bitte mitkommen, zeige ich unserem neuen Hauptkommissar sein Arbeitszimmer und dann können wir auch das weitere Vorgehen besprechen."

Polizeioberrätin Weißgerber verabschiedete ihre Kollegen, wünschte viel Erfolg und bat, auf dem Laufenden gehalten zu werden. Dann bat sie die Kommissare Borgert und Matthes zu sich, um sich über die Vorbereitungen des Schlages gegen die Einbruchsbande informieren zu lassen.

7.

Sonnabend, 11:00 Uhr

Das Kommissariat K 10 lag in der zweiten Etage des Polizeipräsidiums Südhessen. Vom Treppenhaus mit den Aufzügen gab es einen relativ langen Gang mit mehreren Türen zu beiden Seiten. Kriminalrat Haase zeigte auf die den Gang am Ende abschließende Tür und sagte zu Lutz Waski: „Das ist mein Vorzimmer, dahinter liegt mein Arbeitszimmer. Die letzte Tür auf der linken Seite führt in unseren Beratungsraum, hinter der gegenüberliegenden Tür ist Ihr Arbeitszimmer, das Sie mit Kollegin Forstmann gemeinsam haben. Das entsprechende Türschild muss natürlich noch angebracht werden. Na, Sie werden die einzelnen Räumlichkeiten und die darin arbeitenden Kollegen in den nächsten Tagen ja genauer kennenlernen. Jetzt gehen wir erst einmal zu Ihrem neuen Arbeitsplatz, nehmen uns aber etwas Trinkbares mit."

Etwa in der Mitte des Ganges stand in einer geräumigen Nische auf der linken Seite ein Automat, dem man Kaffee, Espresso und Cappuccino entlocken konnte. Ein daneben stehender Kühlschrank enthielt Wasser und alkoholfreie Getränke. In dem Bord über einem schmalen länglichen Tisch waren Tassen, Becher und Gläser zu finden.

Haase und Schwarz nahmen sich jeder einen Cappuccino, Forstmann und Waski je einen Becher Kaffee. Dann gingen sie zu Waskis neuem Domizil. Dies war ein etwa 4 x 6 m großer Raum, in dem zwei Schreibtische mit ihren Schmalseiten an der Wand vor zwei großen Fenstern standen. „Der linke ist meiner", sagte Kommissarin Forstmann „und auf dem rechten sollte am Montag für Sie ein Blumenstrauß zur Begrüßung stehen."
Hinter Waskis Schreibtischstuhl stand ein Aktenregal, daneben gab es eine Tür zum Nachbarzimmer. In der linken Ecke des Zimmers standen an der Fensterseite ein kleiner runder Tisch mit vier Stühlen und daneben ein halbhoher Schrank, auf dem eine Grünpflanze stand, hinter der ein Bild vom Hochzeitsturm auf der Mathildenhöhe zu sehen war.
Die vier Kriminalisten nahmen an dem kleinen Tisch Platz.
Lutz Waski sagte: „Nach allem, was ich mir bis jetzt überlegt habe, liegt der Schlüssel für den Tod von Marion Greiner in der Babenhausener Behindertenwohnstätte. Ich kann mir nicht vorstellen, dass das Mädchen mitten in der Nacht von sich aus dort weggelaufen und ihrem Mörder begegnet sein soll. Allerdings kann ich auch kein Motiv für den Mord erkennen. Wir werden wohl in der Wohnstätte gründlich recherchieren und zunächst auch

abwarten müssen, was die gerichtsmedizinische Untersuchung ergibt. „Melanie", wandte er sich an seine Kollegin, „vielleicht können Sie dort einmal anrufen und in Erfahrung bringen, wann wir mit ersten Ergebnissen rechnen können. Ich habe die Absicht, nachher in die Wohnstätte zu fahren, weil man dort ja noch nicht weiß, dass Marion gefunden wurde. Es sei denn, ihre Mutter hat dies mitgeteilt. Außerdem möchte ich mir einen ersten Eindruck von dem Ganzen verschaffen."
Kriminalrat Haase stimmte zu und meinte: „Wenn Sie dann nach Babenhausen fahren, können sie in Dieburg unseren neuen Kommissaranwärter Achim Liebers mitnehmen. Er kommt frisch von der Schule und ich gedenke, ihn Ihrer MUK zuzuordnen. Er hat heute Bereitschaft, ich werde ihn nachher gleich anrufen und Ihr Kommen ankündigen."
Melanie Forstmann war noch beim Telefonieren, beendete aber das kurze Gespräch und teilte mit: „Ich habe eben mit Dr. Bruns gesprochen. Er ist noch bei der Untersuchung von Marions Leiche, erwartet uns aber morgen um 15:00 Uhr im Gerichtsmedizinischen Institut in der Kennedyallee in Frankfurt. Er meinte, dass wir Marions Mutter für 15:30 Uhr hinbestellen sollten. Wenn ihr einverstanden seid, übernehme ich das. Dann würde ich für heute Feierabend machen."

„Einverstanden", antwortete Kommissar Waski, „wir sehen uns dann morgen 15:00 Uhr bei Dr. Bruns."
Karlheinz Schwarz wandte sich an Waski: „Lutz, ich denke, nachher in Babenhausen und morgen in der Rechtsmedizin muss ich nicht unbedingt dabei sein. Ich werde jetzt nach Hause fahren, heute Abend wollen wir gemeinsam essen und dann spielen. Meine Enkelkinder sind ganz versessen darauf, gegen mich beim Spiel *Siedler von Catan* zu gewinnen. Das ist übrigens ein sehr interessantes und auch – vor allem, wenn man eine der Erweiterungen nutzt – recht anspruchvolles Spiel. Im übrigens bin ich per Handy immer erreichbar. Rufen Sie getrost an, wenn es etwas Neues gibt."
Dann verabschiedeten sich die vier Kriminalisten voneinander. Lutz Waski nahm seine neue Dienstpistole, bemerkte: „Ich denke nicht, dass ich sie heute brauche", und verschloss die Waffe im Safefach seines Schreibtisches. Dann gingen alle zu ihren Fahrzeugen.

Kommissar Waski hatte die Adresse von Achim Liebers in sein Navi eingegeben und hielt dort nach etwa einer halben Stunde mit seinem Opel Insignia, der ihm als Dienstwagen zur Verfügung stand. Er war gerade ausgestiegen, als ein junger Mann aus der Haustür kam und ihn begrüßte: „Hallo, ich bin

Achim Liebers und Sie müssen Hauptkommissar Waski sein. Ich habe Sie schon erwartet und freue mich auf unsere Zusammenarbeit."
Lutz musterte seinen neuen Mitarbeiter. Was er sah, stellte ihn durchaus zufrieden. Achim Liebers war etwa 1,80 m groß, schlank und trug einen kleinen Oberlippenbart, der, wie seine etwas schütteren Haare auch, dunkelblond war. Er war salopp gekleidet, mit Jeans, einem bunten T-Shirt und einer leichten Lederjacke. Seine Füße steckten in nicht ganz billigen Turnschuhen.
„Hallo, Achim", wurde dessen Gruß erwidert. „Ich bin Lutz und obwohl ich erst seit heute hier im Dienst bin, hat man mir schon mehrfach gesagt, dass es üblich sei, sich mit Vornamen und SIE anzusprechen. So wollen wir das auch halten. Bitte steigen Sie ein, wir fahren jetzt nach Babenhausen und auf dem Weg dorthin werde ich Sie über den aktuellen Fall informieren, den wir zu lösen haben.
Kommissar Waski schilderte dann, wie es zur Entdeckung der Leiche von Marion Greiner kam, wie das Gespräch mit deren Mutter verlaufen war, was er von Kriminalrat Schwarz über das Verschwinden von Marion und die Suche nach ihr erfahren hat und welche Ergebnisse die Spusi zutage fördern konnte. Er schloss seinen Bericht mit den Worten: „Ich bin der festen Überzeugung, dass der Schlüssel

zum Ganzen in der Wohnstätte liegt. Im Internet habe ich folgendes dazu gefunden: Sie wurde im Jahr 2001 eröffnet unter dem Dach der Stiftung *Leben ist lebenswert* und nennt sich „*Wohngemeinschaft Leben lernen Babenhausen.* Sie unterhält enge partnerschaftliche Beziehungen zu einer gleich gelagerten Wohnstätte für Behinderte nördlich von Berlin in Bernau-Lobetal, die schon länger existiert.
Auf seiner Internetseite stellt sich die Babenhausener Wohnstätte mit folgendem Text vor:
Hier leben Menschen mit schwerer geistiger Behinderung und zusätzlichen erheblichen psychosozialen Beeinträchtigungen. Die Bewohner werden hier mit intensiver Begleitung zu einem möglichst selbstständigen und selbstbestimmten Leben angeleitet. Dafür werden ihnen verschiedene Angebote zur Strukturierung des Tagesablaufs gemacht. Ein multiprofessionelles Team achtet dabei auf die individuellen Bedürfnisse jedes Einzelnen. Die notwendige individuelle Unterstützung ist rund um die Uhr abgesichert.

Mehr werden wir ja gleich von Herrn Edwin Brendow, das ist der Leiter des Ganzen, erfahren. Ich habe uns telefonisch angemeldet und wir werden erwartet."
Lutz Waski fuhr nach den Angaben seines Navis und etwa 500 m nach dem Ortseingangsschild von Babenhausen verließ er die

B 26 nach links in Richtung Seligenstadt. Die Altstadt wurde umfahren und in die Seligenstädter Straße eingebogen. Dort war dann nach wenigen hundert Metern links ein Hinweisschild zu sehen mit der Aufschrift: *Wohngemeinschaft Leben lernen Babenhausen*.
Die beiden Kriminalisten folgten diesem Schild und kamen auf einem befestigten, eine leichte Rechtskurve beschreibenden Waldweg zu einem Gebäudekomplex, der offensichtlich ehemals ein größeres Gut gewesen war. Ein großer Hof war nach vorn offen, links und rechts stand je ein lang gestrecktes zweistöckiges Fachwerkhaus, hinter dem linken Seitengebäude stand noch ein zweigeschossiger Neubau. Die etwa 50 m lange Rückfront wurde von einstöckigen Klinkerbauten, sicher ehemaligen Stallungen, gebildet. Alle Gebäude waren saniert, der Hof machte einen sauberen, aufgeräumten Eindruck.
Kommissar Waski hielt an der vorderer Einganstür des linken Seitengebäudes, an der ein Schild mit der Aufschrift *Wohngemeinschaft Leben lernen Babenhausen* prangte. Die beiden Männer stiegen aus und gingen zum Eingang. Nach dem Klingeln ertönte ein Summer, die Tür ließ sich öffnen und beide traten ein.
Aus der gegenüberliegenden Bürotür trat ein Mann und stellte sich vor: „Ich bin Edwin

Brendow, der Leiter dieser Einrichtung und sie sind sicher von der Kriminalpolizei?"

„So ist es", lautete die Antwort. „Mein Name ist Waski und das ist mein Kollege Liebers. Wir ermitteln im Fall der in der Nacht vom 2. zum 3. Dezember vorigen Jahres verschwundenen Marion Greiner. Ihr Leichnam wurde gestern im Abteiwald bei Eppertshausen gefunden. Haben Sie das schon gewusst, vielleicht von Marions Mutter?"

„Nein", antwortete Brendow, „und Ihre Nachricht erschüttert mich sehr, obwohl ja nach der aufwändigen, aber erfolglosen Suchaktion damals wenig Hoffnung bestand, Marion irgendwo lebend zu finden. Nun besteht wenigstens Gewissheit. Ich werde nachher gleich Marions Mutter kondolieren. Weiß man denn schon Genaueres, wie Marion zu Tode und in den Abteiwald kam?"

„Wir stehen ganz am Anfang unserer Ermittlungen", sagte Kommissar Waski. „Bisher wissen wir nur, dass Marion umgebracht wurde. Wir möchten nachher gern das Geschehen der Nacht von 2. zum 3. Dezember mit Ihnen durchgehen. Vorher würden wir gern aber genauer über die Wohnstätte informiert werden."

„Gern", antwortete Edwin Brendow und führte dann aus::

„Die Einrichtung *Wohngemeinschaft Leben lernen Babenhausen* wurde 2001 nach aufwändigen Baumaßnahmen auf einem ehemaligen Gutshof eröffnet Sie gehört zum Verbund der v. Bodelschwinghschen Stiftungen Bethel. Die Stiftung geht auf die Gründung von Friedrich v. Bodelschwingh zurück. Sein Leitgedanke *Es geht kein Mensch über die Erde, den Gott nicht liebt* prägt das Handeln der Mitarbeiter. Finanziert wird das Heim über die Stiftung sowie durch staatliche Zuschüsse und Spenden.

Wir haben hier drei weitgehend selbständige Bereiche. Im Bereich 1 leben mehrfach behinderte Frauen und Männer, die eine rundum Betreuung benötigen. Im Bereich 2, der im gegenüberliegenden Gebäude untergebracht ist, betreuen wir Menschen mit Down-Syndrom, von denen einige bei uns wohnen, andere nur tagsüber gebracht werden. Den Bereich 3 bilden unsere Werkstätten, die sie in den ehemaligen Stallungen hinten im Quergebäude finden können. Hier arbeiten unsere Bewohner zusammen mit behinderten Personen, die nur zwischen 8:00 Uhr und 17:00 Uhr bei uns sind. Wir können uns das Ganze nachher gern ansehen.

Den Schwerpunkt unserer Arbeit bildet aber der Bereich 1 hier in diesem Hause. In diesem Bereich haben wir drei Wohngruppen für

jeweils zehn Bewohner. Jeder hat sein eigenes Zimmer und wir haben eine eins zu eins Betreuung. Außerdem gibt es in jeder Wohngruppe einen gemeinsamen Aufenthaltsraum. Hier vorn neben meinem Büro ist der Speisesaal, den wir auch für Veranstaltungen nutzen. Zu den Mahlzeiten kommen alle Bewohner, derzeit sind es 28, hier zusammen. Für die maximal 30 Bewohner stehen, wenn ich mich und meine Stellvertreterin, Frau Henriette Tarnow, dazurechne, insgesamt 32 Betreuungspersonen zur Verfügung. Dabei sind vier Medizinpädagogen, achtzehn ausgebildete Erzieher und acht Hilfskräfte. Dazu kommt dann noch das Reinigungspersonal. Ich kann sagen, personell sind wir gut aufgestellt."
„Ich würde gern das Zimmer sehen, in dem Marion Greiner gelebt hat", wünschte Kommissar Waski.
„Gern", kam die Antwort von Edwin Brendow. „Es ist das vorletzte Zimmer auf der rechten Seite Inzwischen ist es aber wieder belegt von einem Jungen. Marion war in der Wohngruppe 2, diese hat ihre Räume hier rechts. Die Wohngruppe 1 residiert hier links und die Wohngruppe 3 oben."
Die drei Männer gingen dann in das ehemalige Zimmer von Marion Greiner. Hinter der Tür lag links der Nassraum, mit WC, Waschbecken und Dusche, geradeaus sah man durch

ein großes Fenster auf den Hof. Davor stand ein kleiner Tisch mit drei Stühlen. Die rechte Wand wurde von einer Schrankwand eingenommen, in die ein Fernseher integriert war. Das Bett stand links an der Wand zum Bad.
„Hier wohnt jetzt Werner Lange, gerade ist er mit der Gruppe spazieren. Marions Zimmer war ähnlich eingerichtet", informierte Edwin Berndow. „Die Möbel gehören jeweils dem Bewohner, die von Marion hat ihre Mutter abgeholt."
„Gut, wir haben einen ersten Eindruck", bedankte sich Lutz Waski. „Nun würde ich gern wissen, wie die Nacht vom 2. zum 3. Dezember aus ihrer Sicht verlaufen ist."
Edwin Brendow holte dann relativ weit aus und schilderte, wie seine Frau, mit der er mehr als 30 Jahre verheiratet gewesen war, vor nunmehr fast zwei Jahren nach längerem Leiden an Brustkrebs gestorben war. Danach, und – dieses *danach* betonte er nachdrücklich – habe er nähere Beziehungen zu Annegret Reismann unterhalten. Natürlich habe er die Frau schon lange gekannt, erstens, weil sie Mutter des auch schwer behinderten Michael Reismann war, der bis zu seinem plötzlichen Tod am 11. des vergangenen Novembers in der gleichen Gruppe wie Marion Greiner gelebt hatte.

Zweitens hatte Frau Reismann auch dienstlich mit dem Heim zu tun. Sie war Vorsitzende des Heimbeirates und für die Kontrolle der Finanzen als Leiterin der Babenhäuser Filiale der KBHT, der Kreditbank Hessen/Thüringen, besonders prädestiniert

Am Nachmittag des 2. Dezembers hätten sich die Bewohner des Bereiches 1, soweit sie im Heim anwesend waren, zu einer kleinen Adventsfeier getroffen. Danach habe sich Brendow bei seiner Stellvertreterin, Frau Tarnow, abgemeldet, weil er mit Annegret Reismann in Aschaffenburg ins Kino gehen und danach bei ihr übernachten wollte. Sie wäre nur sehr schwer über den Tod ihres Sohnes Michael hinweggekommen und habe sich sein plötzliches Herzversagen nicht erklären können. Der Junge sei doch bei allen Untersuchungen, die letzte habe erst vier Wochen zurück gelegen, gesund gewesen. Dass sie nun auch ihren Posten als Vorsitzende des Heimbeirates würde aufgeben müssen, da sie ja niemand mehr in der Wohnstätte hatte, habe sie zusätzlich belastet.

Es sei dann 3:15 Uhr gewesen, Annegret und er hätten fest geschlafen, als er durch einen Anruf von Frau Tarnow auf seinem Handy geweckt worden sei und erfahren habe, dass Marion Greiner verschwunden war. Beide hätten sich dann sofort auf den Weg zur

Wohnstätte gemacht und die weitere Suche nach dem verschwundenen Mädchen mit organisiert.

„Dass diese Suche damals erfolglos war, wissen Sie", beendete Edwin Brendow seine Ausführungen.

Waski bedankte sich und sagte dann: „Wir nehmen Ihr Angebot an, uns die Wohnstätte insgesamt einmal anzusehen." Daraufhin besichtigten die drei Männer alle Bereiche und zeigten sich beeindruckt von den guten Bedingungen, die hier geschaffen wurden. Da Frau Manuela Paulsdorf, die sich immer besonders um Marion gekümmert hatte, an ihrem freien Tag nicht anwesend war und auch die stellvertretende Leiterin erst am späten Abend zurück erwartet wurde, verabschiedeten sich die beiden Kriminalisten mit der Ankündigung, dass man ab Montag ausführliche Gespräche mit allen Personen führen wolle, die Kontakt zu Marion Greiner hatten.

8.

Sonntag, 15:00 Uhr

In einem Sektionsraum des Institutes für Gerichtsmedizin Frankfurt lag auf einem der blanken Stahltische der Leichnam von Marion Greiner. Daneben standen der Gerichtsmediziner Dr. Heiko Bruns sowie Kriminalhauptkommissar Lutz Waski und Kriminaloberkommissarin Melanie Forstmann.

„Ich habe mein freies Wochenende geopfert", begann Dr. Bruns das Gespräch, „kann aber auch mit interessanten Ergebnissen aufwarten. Doch zunächst zum Todeszeitpunkt. Vieles spricht dafür, dass Marion Greiner am Tag ihres Verschwindens, also am 2. oder 3. Dezember vorigen Jahres getötet wurde. Unter Berücksichtigung der Bodenbeschaffenheit am Fundort kann ich einen wesentlich späteren Zeitpunkt mit Sicherheit ausschließen. Die Todesursache ist Strangulation. Marion muss gestanden oder gesessen haben, als man ihr von hinten eine etwa 0,5 cm dicke Schnur um den Hals gelegt und diese fest zugezogen hat. Die entsprechenden Spuren am Hals sind eindeutig und winzige Reste lassen den Schluss zu, dass es sich dabei um eine geflochtene Hanfschnur gehandelt hat. Der Tod ist relativ rasch eingetreten, zu Abwehrhandlungen ist Marion wohl nicht mehr gekommen. Allerdings fanden sich keinerlei weiteren Spuren von Gewaltanwendung oder sexuellem Missbrauch. Aber Marion Greiner war keine Jungfrau mehr, im Gegenteil, sie war in der 8. Woche schwanger. Bringen Sie mir entsprechendes DNA-Material und wir können den Vater mit Sicherheit identifizieren."

Lutz Waski und Melanie Forstmann sahen sich an. „Na, das ist ein Ding", sagte Melanie. „Ob Marion wohl gewusst hat, dass sie schwanger war? Wer könnte noch davon gewusst haben, vielleicht ihre Mutter oder die Betreuerin?"

„Na, die Mutter werden wir nachher fragen", entgegnete Lutz. „Aber wichtiger scheint mir die Suche nach dem Vater. Sie sagten 8. Woche", wandte er sich an Dr. Bruns. „Wie genau lässt sich den der Zeitpunkt der Zeugung bestimmen?"

Der antwortete: „Wenn man vom 3.12. acht Wochen zurück rechnet, ergibt sich der 8.10. Ausgehend von einem Todeszeitpunkt nicht nach dem 3.12. kann man sagen, dass das Kind in der Zeit zwischen dem 4. und 11. Oktober gezeugt wurde."

Kommissar Waski bedankte sich und meinte: „Wir werden uns diese Zeitspanne im Leben von Marion Greiner genauestens ansehen und alle möglichen Kontakte mit Männern prüfen. Es könnte sein, dass die Schwangerschaft das

Motiv für den Mord ist. Allerdings scheint mir hier Vorsicht geboten. Zunächst wäre ja zu klären, wer von der Schwangerschaft überhaupt gewusst haben könnte. Dann müssen wir wohl entsprechende DNA-Proben beschaffen, ich sehe", wandte er sich an seine Kollegin, „eine ganze Menge Arbeit auf uns zukommen. Na, warten wir erst einmal ab, was uns Marions Mutter nachher zu sagen hat."

Inzwischen war es 15:35 Uhr, als das Telefon im Raum klingelte. Dr. Bruns nahm den Anruf entgegen und erfuhr, dass am Eingang eine Frau Eveline Greiner und ihr Mann auf ihn warten würden. Der Gerichtsmediziner deckte den Körper von Marion zu und sagte zu den beiden Kriminalisten: „Ich gehe die beiden holen, bitte kommen sie mit nach nebenan, in meinem Büro können sie warten."

Es dauerte nicht lange, bis er mit seinen Besuchern zurückkam. Kommissar Waski begrüßte die beiden und stellte seine Kollegin vor. Diese sprach Eveline Greiner und Tom Fahrner ihr Beileid aus und versicherte, dass man alle Anstrengungen unternehmen würde, um den Mord an ihrer Tochter aufzuklären.

Frau Greiner bedankte sich und bat dann darum, ihre Tochter zu sehen.

Dr. Heiko Bruns führte alle in den Sektionsraum. Eveline und Tom traten zum Sektionstisch, die anderen beiden hielten sich im Hintergrund. Dr. Bruns schlug das Tuch zurück. Frau Greiner war sichtlich erschüttert, beugte sich über Marions Leiche, streichelte ihr Gesicht und sagte unter Tränen: „Ja, das ist meine Marion". Tom Fahrner nickte bestätigend. „Wie ist sie gestorben, hat sie lange leiden müssen, wurde sie misshandelt?" wollte die Mutter wissen.

„Unterhalten wir uns bitte nebenan weiter", schlug Lutz Waski vor.

Nachdem dort alle Platz genommen hatten, berichtete als erster Dr. Bruns, dass Marion mit einer Schnur erdrosselt wurde, relativ schnell tot war und weder irgendwie misshandelt noch sexuell missbraucht worden war.

Dann nahm der Kommissar das Wort: „Frau Greiner, es wurde festgestellt, dass ihre Tochter in der achten Woche schwanger war, haben Sie davon gewusst?"

„Nein und das kann ich gar nicht glauben", lautete die Antwort. Marion hatte doch überhaupt keinen Kontakt zu Männern und auch keinerlei Interessen in dieser Richtung. Ich habe zwar gewusst, dass ihre letzte Regel ausgeblieben war und mich diesbezüglich auch mit Frau Paulsdorf unterhalten, aber die Periode war bei Marion schon immer sehr unregelmäßig. Der Arzt meinte, bei den vielen Beruhigungstabletten, die Marion wegen ihrer Behinderung nehmen musste, sei das nicht ungewöhnlich. In Richtung einer möglichen Schwangerschaft haben Frau Paulsdorf und ich überhaupt nicht gedacht. Wann und wie solle es denn zu der Schwangerschaft gekommen sein?"

„Das werden wir als erstes herausfinden müssen", nahm Oberkommissarin Forstmann das Wort. „Den Zeitraum, in dem Marion geschwängert wurde, konnte Dr. Bruns recht genau bestimmen. Es handelt sich um die Woche vom Donnerstag, den 4. bis Donnerstag den 11. Oktober vorigen Jahres. Was können Sie uns über diese Zeitspanne sagen? War Marion an dem Wochenende vom 6. zum 7. Oktober bei Ihnen?"

„Lassen Sie mich nachdenken", antwortete Frau Greiner. „Normalerweise haben wir Marion alle 14 Tage vom Sonnabend zu Sonntag zu uns nach Hause geholt. Sie hat sich immer gefreut, wenn sie in unsere Wohnung kam, aber sie hat sich genauso gefreut, wenn sie am Sonntag wieder ihr Zimmer in der Wohnstätte beziehen konnte. An dem Wochenende, um das es hier geht, war Marion aber nicht bei uns. Ihre Gruppe war vom Donnerstag bis Sonntag am Edersee. Die Wohnstätte unterhält dort eine Ferienunterkunft und von Zeit zu Zeit fährt eine der Gruppen dorthin. Meist kommen auch Eltern mit. Ich war auch schon öfters dabei, dieses Mal aber nicht.

Wer von den Betreuern und Eltern vom 4. bis 7. Oktober mit war, weiß ich nicht, dass Frau Paulsdorf dabei war, ist aber sicher."
„Na, das wird sich ja leicht feststellen lassen", übernahm Kommissar Waski die Gesprächsführung. „Wir bitten sie", er sah Frau Greiner und Herrn Fahrner an, „uns eine Liste anzufertigen, auf der sie alle männlichen Personen aufführen, die in der ersten Oktoberhälfte Kontakt zu Marion hatten oder gehabt haben könnten. Wenn sie die Art des Kontaktes dazu schreiben, würde uns das sehr helfen. Sicher können sie mir diese Liste morgen früh per Fax zukommen lassen, hier ist meine Karte auf der auch die Fax-Nummer steht. Von Ihnen, Herr Fahrner können wir – wenn Sie einverstanden sind – eine DNA-Probe gleich hier nehmen.
„Natürlich bin ich einverstanden", antwortete der so Angesprochene. „Aber glauben Sie im Ernst, dass ich etwas mit Marions Schwangerschaft zu tun habe?"
Waski antwortete: „Wenn ich mich auf *glauben* verlassen würde, wäre ich Pfarrer geworden. Ich bin aber Kriminalkommissar und wir dürfen nicht *glauben* sondern müssen *wissen*. Aber wenn es Sie beruhigt, ich rechne Sie nicht zum Kreis der Verdächtigen."
Dr. Bruns nahm eine Speichelprobe von Tom Fahrner.

Danach verabschiedeten sich Frau Greiner und ihr Mann, wobei Lutz Waski einen Besuch für den nächsten Abend verabredete.

An den Gerichtsmediziner gewandt sagte er dann: „Dr. Bruns, wir danken Ihnen für Ihre Arbeit, ich denke, sie hat uns einen Schritt weiter gebracht. Ich werde jetzt noch Herrn Brendow anrufen und ihn über die Schwangerschaft von Marion informieren. Außerdem werde ich ihn bitten, uns bis morgen früh eine Aufstellung zu faxen, auf der alle männlichen Personen aufgeführt sind, die in der fraglichen Zeit Kontakt zu Marion Greiner hatten oder hätten haben können. Die Teilnehmer an dem Ferienaufenthalt soll er gesondert auflisten. Wenn wir morgen früh diese Daten und die Liste von Frau Greiner haben, werden wir das weitere Vorgehen festlegen", sagte er abschließend zu seiner Kollegin, „für heute ist erst einmal Schluss".

Man verabschiedete sich voneinander und Lutz Waski telefonierte noch mit seinem Chef, Kriminalrat Torsten Haase, und mit Karlheinz Schwarz, um beide über den neuesten Stand der Ermittlungen zu informieren.

9.

Sonntag, 18:00 Uhr

Kriminalhauptkommissar Lutz Waski war vom Gerichtsmedizinischen Institut gleich nach Eppertshausen gefahren. Da er sich in Frankfurt noch nicht gut auskannte, hatte er sich auf sein Navi verlassen. Dieses führte ihn über die Darmstädter Straße und die Babenhäuser-Landstraße auf die A3. Am Offenbacher Kreuz ging es dann auf die B45 und nach 8 km Fahrt war die Abfahrt Eppertshausen erreicht.

Lutz stellte sein Auto vor der Garage ab, ging zur Haustür und klingelte, da er seinen Hausschlüssel nicht mitgenommen hatte. Sein Schwiegervater öffnete und wurde von Lutz begrüßt, der gleich nach oben wollte.

„Komm doch bitte einen Moment zu mir herein", wurde er von Werner Bremer daran gehindert. Beide Männer gingen in Werners Arbeitszimmer. „Lutz", begann dieser, „die beiden Frauen hatten vorhin Krach miteinander. Tobias hatte geweint und Steffi hat ihm die Brust gegeben. Da hat Lilo gesagt, dass sie das falsch fände. Kinder sollten nicht gleich, wenn sie mal ein bisschen weinen, gestillt werden, sondern zu festen Zeiten, normalerweise alle vier Stunden, damit sie sich an Ordnung gewöhnen. Da ist Steffi ausgeflippt und hat erklärt, sie verbitte sich ein für allemal

Einmischungen in die Erziehung ihres Sohnes. Dann ist sie mit Tobias nach oben gegangen und hat sich seither nicht wieder sehen lassen. Auch zum Kaffeetrinken kam sie nicht nach unten. Dabei hat es Lilo sicher nur gut gemeint, aber das Verhältnis zwischen Mutter und Tochter war ja schon immer etwas gespannt. Ich habe mich vorsichtshalber aus der ganzen Geschichte rausgehalten. Aber vielleicht kannst du die Wogen glätten und wir können nachher gemeinsam zu Abend essen. Ich, und die beiden Frauen sicher auch, sind nämlich neugierig, was es in eurem Mordfall an Neuigkeiten gibt."
Lutz antwortete: „Werner, du kennst meine Meinung zu *Alt und Jung unterm gleichen Dach*. Dass es zu Meinungsverschiedenheiten in der Kindererziehung kommt, war eigentlich zu erwarten, dass es gleich am zweiten Tag passieren würde, überrascht mich aber doch. Andererseits kann das auch gut sein, weil dann die Fronten geklärt sind. Ich will mal sehen, wie Steffi, deren Standpunkt ich natürlich voll teile, die Sache sieht. Aber ich denke, in etwa einer halben Stunde können wir nach unten kommen."
Lutz ging nach oben, umarmte seine Frau, gab ihr einen Kuss und fragte: „Wie war euer Tag, was macht unser Sohn?"

„Tobias schläft", antwortete Steffi. „Wir waren nach dem Mittagessen unterwegs, das Wetter war ja gut. Da habe ich meine Schulfreundin Elvira getroffen. Sie hat mich gleich nach der Toten, die im Abteiwald gefunden wurde, ausgefragt. Die Sache ist natürlich Ortsgespräch und sie wusste auch, dass es Marion Greiner ist, nach der ja vor einem Vierteljahr aufwändig gesucht worden war. In dem Zusammenhang sagte mir Elvira auch, dass der Sohn ihrer Chefin in der gleichen Wohnstätte, in der Marion war, Anfang Dezember umgekommen ist und dass es Gerüchte über einen Zusammenhang zwischen den beiden Todesfällen gäbe. Elvira arbeitet in der Babenhausener Zweigstelle der KBHT (Kreditbank Hessen/Thüringen) und machte eine Bemerkung, dass ihre Chefin wohl mit dem Leiter der Wohnstätte liiert sei und dass es vielleicht da auch Ungereimtheiten in Finanzierungssachen gäbe. Aber sie wollte um keinen Preis konkreter werden, weil sie schon zuviel gesagt hätte. Als wir dann wieder nach Hause kamen, hatte ich Krach mit Mama. Sie wollte mit vorschreiben, wann ich Tobias stillen soll."

„Ich weiß, antwortete Lutz. „Werner hat mir die Sache gleich erzählt, kaum dass ich zur Haustür rein war. Was meinst du, hast du vielleicht ein bisschen überreagiert?"

„Das habe ich mir auch schon vorgeworfen", meinte seine Frau, „aber wir sollten von Anfang an klarstellen, dass wir uns in die Erziehung unseres Kindes nicht reinreden lassen."
In dieser Frage waren sich die beiden einig. Sie nahmen das Babyfon mit und gingen nach unten. Lieselotte hatte den Abendbrottisch gedeckt, die beiden Frauen redeten miteinander. Lilo stellte klar, dass sie sich nicht in Erziehungsdinge einmischen wolle und Steffi entschuldigte sich bei ihrer Mutter für ihre Überreaktion. Damit war der häusliche Friede wieder hergestellt.
Beim Essen befriedigte Lutz die Neugier der drei anderen und berichtete, dass die Tote von ihrer Mutter identifiziert wurde und dass von Dr. Bruns die Todesursache eindeutig festgestellt werden konnte. Marion Greiner wurde mit einer Schnur, die ihr von hinten über den Kopf gezogen wurde, erdrosselt. Die Sache mit der Schwangerschaft behielt er zunächst für sich.

10.

Montag, 7:30 Uhr

In seinem Dienstzimmer saß Kriminalhauptkommissar Markus Borgert zusammen mit seinem Kollegen Kriminalhauptkommissar Volker Matthes. Beide hatten sich über das Wochenende mit der Leitung der Überwachung der Villa des Ehepaares Reutersheim abgewechselt und zeigten sich enttäuscht, dass der von einem Informanten angekündigte Einbruchsversuch bisher nicht stattfand.

„Volker", sagte Kommissar Borget zu seinem Kollegen, „ich glaube, dein Informant hat sich geirrt oder uns bewusst auf eine falsche Fährte gesetzt. Gegen letzteres spricht aber, dass es im gesamten Kreisgebiet keinen Einbruch gegeben hat, der die Handschrift unserer Bande trägt. Könnte es sein, dass diese gewarnt wurde?"

„Das kann ich mir eigentlich nicht vorstellen", antwortete Kommissar Matthes. „Von unseren Vorbereitungen wissen ja nur die wenigen Kollegen, die wir zur Objektbeobachtung eingeteilt haben. Alle anderen stehen in Bereitschaft für einen Einsatz in Weiterstadt." Noch während er sprach, klingelte das Telefon und das Polizeirevier Eberstadt teilte mit, dass man eben einen Anruf der Security-Firma erhalten habe, weil die Alarmanlage der Villa Reutersheim außer Betrieb gesetzt wurde.

„Ich glaube, es geht los", meinte daraufhin Kommissar Borgert. „Ich rufe mal unsere beiden Kollegen an, die die Villa derzeit unter Beobachtung haben."

Die Angerufenen meldeten, dass es keine besonderen Vorkommnisse gegeben habe. Lediglich ein PKW Golf hätte vor etwa 10 Minuten kurz vor dem Eingangstor gehalten. Es sei niemand ausgestiegen und das Auto wäre nach zwei Minuten weitergefahren. Die Zulassungsnummer wurde festgehalten.

Die beiden Kommissare veranlassten eine Überprüfung dieser Nummer und erhielten die Auskunft, dass der Golf auf das russische Restaurant *Kalinka* in Darmstadt zugelassen sei.

„Hier haben die Ganoven wohl einen Fehler gemacht", meinte Volker Matthes. „Der Zusammenhang zwischen dem Halten des PKW Golf und der Außerbetriebsetzung der Alarmanlage ist ja offensichtlich. Wir haben jetzt aber mit dem *Kalinka* eine Adresse, von der ich annehme, dass dort die Zentrale der ganzen Bande ist."

„Da magst du recht haben", antwortete sein Kollege. „Wir werden dieses Restaurant umgehend unter Beobachtung stellen und dann werden wir unsere Leute und das SEK wie geplant nach Eberstadt in Marsch setzen." Er griff zum Telefon und veranlasste diese Maßnahmen. Dann machten sich die beiden Kommissare auf den Weg zur Behausung der Familie Reutersheim.

Unterwegs erhielten sie die Information, dass zwei Kleintransporter vom Typ Mercedes-Sprinter am Anwesen Reutersheim angekommen seien. Sie hätten das Tor zur Straße mit einer Fernbedienung geöffnet und seien die 30 Meter bis zur Villa gefahren. Dort wären insgesamt acht Männer ausgestiegen und in das Haus gegangen, nachdem sie die Eingangstür mühelos geöffnet hatten. Die Transporter würden an den Seiten die Aufschrift tragen: *Spedition Heinrich, Umzüge aller Art*. Eine Überprüfung der Kennzeichen, die alle mit DA für Darmstadt begannen, sei veranlasst.

Die Kommissare Borgert und Matthes waren inzwischen, wie vorbereitet, auf das nebenan liegende Grundstück gefahren, um von dort den Einsatz zu leiten. Sie hatten gute Sicht auf die Villa, in der die Bande eingedrungen war. Das ganze Gelände war inzwischen von den Männern des SEK umstellt. Dann kam die Information, dass die Kennzeichen der beiden Transporter zwar in Darmstadt existierten, aber für völlig andere Fahrzeuge, nämlich für einen LKW eines Möbelhauses und für einen PKW eines Arztes, außerdem gäbe es keine

Spedition Heinrich. Wenig später sahen die Kriminalisten, wie zwei PKW, ein Mercedes der S-Klasse und ein 6er BMW vor dem Anwesen ankamen. Der Mercedes fuhr weiter auf das Grundstück. Vor dem Haus stiegen zwei Männer aus und gingen hinein. Der Fahrer blieb am Steuer sitzen. Der BMW hielt direkt vor dem Eingangstor, in ihm saß nur der Fahrer.

„Da sind wohl die Bosse angekommen", meinte Kommissar Borgert. „Sie werden festlegen, was alles mitzunehmen ist und sicher werden sie auch einen Spezialisten dabei haben, der den Safe knacken soll. Wir sollten jetzt zugreifen."

„Einverstanden", antwortete sein Kollege. „Wir sollten aber als erstes den BMW vor der Tür aus dem Verkehr ziehen. Ich schlage vor, einen Streifenwagen zu schicken und eine normale Kontrolle vorzutäuschen. Die beiden Beamten müssen aber darauf vorbereitet sein, dass der Fahrer bewaffnet ist. Außerdem nehme ich an, dass zwischen dem BMW und den Leuten im Inneren der Villa Funkkontakt besteht. In dem Moment, wo der Fahrer des BMW festgenommen wird, sollte der Zugriff durch das SEK auf die Villa erfolgen."

Der Funkstreifenwagen, der aus Richtung Autobahn kam, hielt vor dem BMW und die beiden Polizisten stiegen aus. Mit einer Hand an der entsicherten Waffe gingen sie auf diesen zu. Der Streifenführer klopfte an die Scheibe auf der Fahrerseite, worauf das Fenster geöffnet wurde. „Verkehrskontrolle, bitte zeigen Sie uns die Fahrzeugpapiere und Ihren Führerschein." Der Fahrer startete den Motor, setzte zurück und raste dann nach vorn davon. Der Streifenführer konnte nur durch einen beherzten Sprung zur Seite verhindern, dass er angefahren wurde.

Nach etwa 300 m Fahrt sah der Fahrer des BMW zwei Polizeiautos mitten auf der Fahrbahn stehen und als er wenden wollte, war ein dritter Streifenwagen hinter ihm. Sein Auto wurde von bewaffneten Polizisten umstellt und so ließ er sich widerstandslos festnehmen.

Nahezu gleichzeitig mit der Flucht des BMW kamen die zuletzt in die Villa gegangenen zwei Männer wieder heraus. Einer wollte zum Auto, aber der größere der beiden, offensichtlich der Anführer, schaute sich um und sagte: „Stopp, ich sehe hier keine Gefahr. Da hat sich Benno wohl von einer einfachen Polizeistreife ins Boxhorn jagen lassen. Das wird ein Nachspiel haben. Wir machen jetzt weiter." Er wandte sich um und wollte wieder ins Haus gehen, als eine Lautsprecherdurchsage ertönte: Hier spricht die Polizei, legen Sie sich auf den Boden und halten die Hände nach vorn gestreckt. Widerstand ist sinnlos, das Haus ist umstellt."

Der Anführer befolgte diesen Befehl. Der andere rannte zum Auto und stieg ein. Der Fahrer war aber ausgestiegen und hatte eine Maschinenpistole in der Hand, mit der er planlos um sich feuerte.

Inzwischen waren die Angehörigen des SEK auf dem Plan erschienen. Einer von ihnen setzte mit einem gezielten Schuss den wild umherballerten Fahrer, der inzwischen das Magazin seiner Waffe gewechselt hatte, außer Gefecht. Zwei andere legten dem am Boden liegenden Ganoven Handschellen an. Die auf dem Beifahrersitz reglos verharrende Person wurde von weiteren Polizisten überwältigt. Die übrigen drangen von drei Seiten, dem Vorder- und dem Hintereingang sowie über den Zugang von der seitlich stehenden Garage in die Villa ein.

Nach wenigen Minuten wurden die acht Bandenmitglieder in Handschellen nach draußen geführt, sie hatten sich ohne Gegenwehr festnehmen lassen. Ärzte kümmerten sich um den Angeschossenen. Er war im rechten Oberschenkel getroffen worden und nicht in Lebensgefahr. Er wurde verarztet und mit einem Krankenwagen abtransportiert.

Inzwischen waren auch die Kommissare Borgert und Matthes vor der Villa angekommen und trafen mit dem Leiter des SEK zusammen. Sie gratulierten diesem zu dem erfolgreichen Einsatz.

Kommissar Mathes sagte dann: „Hier gibt es für uns nichts mehr zu tun, wir erwarten aber alle am Einsatz beteiligten Personen nachher, ich würde sagen um 10:00 Uhr, im Präsidium, um den Männern des SEK zu danken und um das weitere Vorgehen zu besprechen. Ich sehe noch eine Menge Arbeit vor uns, darunter eine Reihe von Verhören. Hier vor Ort muss die Spurensicherung ran, vor allem auch, um den Schusswechsel mit dem Verletzten aufklären zu helfen. Die Staatsanwaltschaft wird hier sicher ein offizielles Ermittlungsverfahren einleiten wollen. Hat jemand von euch noch Fragen?" Dies wurde verneint und alle, bis auf zwei Polizisten, die das Eintreffen der Spusi abwarten sollten, gingen zu ihren Fahrzeugen.

11.

Montag, 10:00 Uhr

Im größten Raum des Darmstädter Polizeipräsidiums waren fast alle am Einsatz in Eberstadt beteiligten Kollegen versammelt, lediglich die Mitarbeiter der Spurensicherung und Hauptkommissar Volker Mathes waren noch in der Villa Reutersheim tätig. Außerdem hatten sich dort Mitarbeiter der Staatsanwaltschaft eingefunden.

Im Saal waren auch die Leiter der anderen Kommissariate sowie Hauptkommissar Waski, Oberkommissarin Forstmann und Kommissaranwärter Achim Liebers zugegen. Kriminalrat i.R. Karlheinz Schwarz war ebenfalls gekommen.

Die Leiterin der RKI, Polizeioberrätin Juliane Weißgerber, dankte allen am Einsatz Beteiligten und hob hervor, wie wichtig es war, die seit langem gesuchte Bande zu schnappen. Dann bat sie den 1. Hauptkommissar Markus Borgert um einen kurzen Bericht.

Dieser schilderte, wie der Einsatz verlaufen war und führte dann aus: „Leider gab es dabei einen Verletzten. Es handelt sich um den Fahrer des Mercedes, der, wie wir inzwischen wissen, ein Bodyguard von Igor Karamanow war. Dieser muss als Kopf der Einbrecherbande angesehen werden. Er und sein Bruder

Jewgeni sind als Russlanddeutsche 1974 mit ihren Eltern nach Deutschland gekommen, da waren sie fünf und drei Jahre alt. Der Vater Pawel Karamonaow hat vor zehn Jahren in Kranichstein das russische Spezialitätenrestaurant *Kalinka* eröffnet. Welche anderen kriminellen Machenschaften dort noch ihre Wurzeln haben, wird zurzeit untersucht. Igor Karamanow wurde verhört, verweigert aber bisher jede Aussage.
Der zusammen mit Igor Karamanow zur Villa gekommen Mann wurde als Wassili Retkow identifiziert. Er ist uns als Geldschrankknacker bekannt und einschlägig vorbestraft.
Für die Durchsuchung des Restaurants *Kalinka* liegt inzwischen ein richterlicher Beschluss vor. Die Aktion ist derzeit im vollen Gang."
Polizeioberrätin Weißgerber bedankte sich bei Kommissar Borgert und entließ dann die Beamten des SEK, nicht ohne ihnen nochmals für ihren Einsatz zu danken.
Danach wandte sie sich an die verbliebenen Kollegen: „Ursprünglich wollten wir uns ja heute um 9:00 Uhr treffen, es ist nun etwas später geworden, dafür haben wir aber einen Erfolg zu vermelden. Für 11:00 Uhr habe ich eine Pressekonferenz angesetzt, an der Hauptkommissar Borgert und, wenn er bis dahin zurück ist, auch Hauptkommissar Matthes teilnehmen werden. Vorher möchte ich ihnen aber

noch Hauptkommissar Lutz Waski vorstellen (der stand kurz auf und schaute in die Runde), der eigentlich ab heute im K 10 die MUK leitet. Aus Umständen, die er gleich schildern wird, ist er aber bereits seit vorgestern im Dienst. Herr Hauptkommissar, Sie haben das Wort."
Lutz Waski erhob sich und schilderte, wie es zu dem Leichenfund im Eppertshausener Abteiwald kam, wie es relativ schnell gelang, die Tote als die mehrfach behinderte Marion Greiner zu identifizieren, die in der Nacht vom 2. zum 3. Dezember vorigen Jahres aus der Behindertenwohnstätte Babenhausen spurlos verschwunden war und trotz aufwändiger Suchaktionen erst jetzt gefunden wurde.
Er informierte dann über die Ergebnisse der gerichtsmedizinischen Untersuchung, die ergeben habe, dass Marion Greiner mit einer Hanfschnur erdrosselt wurde und außerdem in der achten Woche schwanger war. Weiter führte er aus: „Wir konzentrieren uns jetzt erst einmal darauf, den Vater dieses ungeborenen Kindes zu finden. Nach Auskunft von Dr. Bruns, das ist der Gerichtsmediziner, der die Untersuchung durchgeführt hat, wurde dieses in der Zeit zwischen dem 4. und 11. Oktober gezeugt. Die Mutter hat ausgesagt, dass weder sie noch Marions Betreuerin von der Schwangerschaft gewusst hätten und sie sich auch

nicht vorstellen könne, dass Marion ihren Zustand gekannt habe. Außerdem hat uns Eveline Greiner versichert, dass im häuslichen Umfeld ihr Ehemann Tom Fahrner die einzige männliche Person sei, die im fraglichen Zeitraum Kontakt zu ihrer Tochter gehabt hätte. Dieser bestritt vehement, jemals irgendwelche sexuellen Kontakte zu seiner Stieftochter gehabt zu gaben. Wir haben aber von ihm bereits eine DNA-Probe im Labor. Von der Leitung der Heimstätte haben wir inzwischen eine Liste aller männlichen Personen erhalten, die in der ersten Oktoberhälfte Kontakt zu Marion Greiner gehabt haben könnten.
Wenn unsere Beratung hier zu Ende ist, werden wir nach Babenhausen fahren und uns mit den Leuten unterhalten sowie entsprechende DNA-Proben mitbringen.
Ich bin allerdings nicht überzeugt, dass die Schwangerschaft von Marion Greiner ursächlich etwas mit ihrem Tod zu tun hat, weil weder sie selbst noch ihr Umfeld von der Schwangerschaft gewusst haben dürften. Dennoch bin ich der Überzeugung, dass der Schlüssel für den Mord an dem Mädchen in der Wohnstätte Babenhausen zu suchen ist. Wir werden also dort gründlich und nach allen Seiten recherchieren müssen und natürlich ist

es wichtig, festzustellen, wer wann Marion geschwängert hat.

Wenn wir nachher dorthin fahren, wäre es vielleicht gut, wenn außer Oberkommissarin Forstmann und Kommissaranwärter Liebers noch zwei Kollegen mitkommen könnten. Die Liste, die mir der Leiter der Wohnstätte auf mein Handy geschickt hat, ist mit 18 Namen nämlich ziemlich lang. Übrigens hielte ich es nicht für richtig, wenn nachher auf der Pressekonferenz, wo sicher auch der Leichenfund in Eppertshausen zu Sprache kommt, die Schwangerschaft von Marion Greiner der Öffentlichkeit mitgeteilt würde."

Polizeioberrätin Weißgerber hatte sich kurz mit Kriminalrat Haase verständigt und sagte dann: „Kollege Waski, ich bin mit Ihrer bisherigen Arbeit zufrieden und gebe Ihnen recht. Die Sache mit der Schwangerschaft sollten wir wirklich noch geheim halten, schon allein aus ermittlungstaktischen Gründen. Ihr geplantes Vorgehen findet unsere Zustimmung. Kollege Haase wird Ihnen noch zwei Mann vom K 10 mitgeben. Allerdings wünsche ich, dass Sie nachher an der Pressekonferenz teilnehmen, um Fragen zu dem Mord an Marion Greiner zu beantworten. Die Fahrt nach Babenhausen kann ja auch noch eine Stunde warten."

Damit war die Zusammenkunft der Kriminalisten beendet.

12.

Montag, 10:30 Uhr

Vor der Gaststätte *Kalinka* in Kranichstein war Hauptkommissar Matthes zusammen mit drei Kollegen des Kommissariats K11/22 sowie mit zehn Beamten der Bereitschaftspolizei eingetroffen. Die Gaststätte befand sich im Haupthaus eines ehemaligen Gutshofes.
Dahinter und seitlich davon waren reichlich Nebengebäude, ehemalige Stallungen, Schuppen und Scheunen zu finden.
„Na, das alles zu durchsuchen, wird sicher einige Zeit beanspruchen", sagte Volker Matthes zu seinen Mitstreitern. „Wir wollen mal sehen, wie man auf unseren Durchsuchungsbeschluss reagiert."
Sie gingen zur Eingangstür der Gaststätte, die aber noch verschlossen war. Den angegebenen Öffnungszeiten war zu entnehmen, dass montags Ruhetag ist. Eine Klingel war nicht zu erkennen. Die Kriminalisten gingen um das Haus herum, der zum Hof führende Hintereingang war offen.
Volker Matthes rief: „Hallo, ist da jemand?"
Darauf erschien eine ältere, mit einer gemusterten Kittelschürze bekleidete Frau, Matthes schätzte sie auf 70 Jahre, von matroschkahaftem Aussehen und sagte: „Die Gaststätte hat heute geschlossen, meine Söhne sind nicht da

und ich muss in der Küche weiterarbeiten. Kommen Sie doch bitte morgen wieder."
Der Kommissar wies sich aus und antwortete: „Das wird nicht gehen. Wir haben hier einen richterlichen Beschluss und werden jetzt Ihr Anwesen durchsuchen." „Halt", stellte sich das Mütterchen in den Weg, „ich hole erst meinen Mann." Sie ging zur Tür und rief laut nach oben: „Pawel, komm ganz schnell herunter, hier ist die Polizei und sie wollen alles durchsuchen."
Es dauerte nicht lange und auf der Bildfläche erschien ein alter, grauhaariger Mann. Dieser war etwa 1,80 m groß, sehr schlank und machte einen rüstigen Eindruck. Er stellte sich vor: „Ich bin Pawel Karamanow, deutscher Staatsbürger, ich habe hier das Lokal aufgebaut und geführt, bis ich es vor drei Jahren meinem Sohn Igor übergeben habe. Sein Bruder Jewgeni ist Mitinhaber eines Restaurants in der Innenstadt Ich kann aber weder Igor noch Jewgeni per Handy erreichen, das habe ich vorhin gerade versucht."
Kommissar Matthes fragte, bei welchem Restaurant Jewgeni Mitbesitzer sei und erhielt die Auskunft, dass es sich um das türkische Spezialitätenrestaurant *Goldenes Horn* handeln würde.
Nach dieser Auskunft erklärte Matthes: „Ihr Sohn Igor wird gerade von meinen Kollegen

verhört. Er wurde im Zusammenhang mit einem versuchten Einbruch festgenommen. Ich gehe davon aus, dass Sie vom den kriminellen Machenschaften ihres Jungen wissen, aber das klären wir später. Sie brauchen auch Ihr Kind nicht zu belasten Sein kriminelles Handeln ist allerdings der Grund für unsere Anwesenheit hier. Und jetzt werden wir an die Arbeit gehen. Hier ist der Beschluss." Damit zeigte er dem Alten das richterliche Papier. „Warten Sie bitte noch einen Moment", intervenierte dieser. „Ich möchte gern noch meinen Schwiegersohn, der heute zufällig hier ist, dabeihaben. Maria", wandte er sich an seine Frau, „gehe doch bitte zu Udo und sage ihm, er möchte bitte sofort hierher kommen." Kurze Zeit später kam ein untersetzter, mit Jeans und einem grauen Pullover bekleideter, etwa 45 Jahre alter Mann und fragte, was los sei.

Kommissar Mattes erklärte ihm die Situation und bat ihn um seinen Namen. Der Angesprochene antwortete: "Ich bin Udo Spohr und lebe mit meiner Frau in Egelsbach. Heute sind wir hier bei ihren Eltern zu Besuch. Verstehen kann ich ihren Einsatz zwar nicht, aber ich stehe natürlich zur Verfügung."

„Das ist gut", erhielt er zur Antwort. „Ich möchte zusammen mit zwei Polizisten zunächst die Büroräume sehen. Ein Kollege von mir wird sich, ebenfalls zusammen mit zwei Polizisten hier im Haus umsehen und meine beiden anderen Kollegen werden sich, jeweils von drei Polizisten begleitet, in den Nebengebäuden umschauen."

Damit begann die Hausdurchsuchung. Vorher rief Volker Mattes noch in der Dienstelle an und bat, herauszufinden, ob über einen Udo Spohr, wohnhaft in Egelsbach, etwas bekannt sei. Außerdem teilte er mit, dass ein Bruder des Hauptverdächtigen Mitinhaber des türkischen Spezialitätenrestaurants *Goldenes Horn* sei und wollte wissen, ob da etwas vorläge. Er bat, dieses Lokal zu observieren und Jewgeni Karamanow als Zeugen vorzuladen.

Das Büro im 1. Stock war ein relativ großer, schmuckloser Raum mit drei Fenstern zur Straßenfront. Unter diesen standen sich zwei massive Schreibtische gegenüber, an den Wänden hinter den Schreibtischstühlen befanden sich jeweils bis unter die Decke reichende Regale, die reichlich mit Ordnern gefüllt waren.

„Diese Ordner nehmen wir mit", sagte Volker Matthes zu den ihn begleitenden Polizisten. Dann wandte er sich den Schreibtischen zu. Beide waren aufgeräumt. Auf dem linken stand ein Monitor, der zugehörige PC sowie ein Drucker befanden sich auf einem Tisch daneben. „Der PC kommt auch mit", entschied der Kommissar und versuchte die Fächer zu öffnen. Bei dem linken Schreibtisch war dies problemlos möglich, da nichts abgeschlossen war. Zu Tage kamen nur verschiedene Büromaterialien, Schreibpapier, Aktendeckel, Heftklammern und jede Menge Bleistifte und Kugelschreiber. Auch die Lade vor dem Stuhl enthielt nur Krimskrams.

Am rechten Schreibtisch waren sowohl die Lade als auch beide Seitentüren verschlossen. Matthes suchte gerade in den oben stehenden Behältern für Büroklammern, Bleistiften und Merkzetteln sowie einer leeren Blumenvase nach dem Schlüssel, als einer seiner Kollegen rief: „Herr Kommissar, kommen Sie doch bitte einmal her. Hier hinter den Ordnern, die wir gerade herausgenommen haben, befindet sich ein Safe."

Der so Gerufene schaute sich die Sache an und sah, dass in die Wand bündig eine etwa 40 cm x 30 cm große Stahltür eingelassen war. Das Schloss schien aber einfach zu sein.

Pawel Karamanow, der die ganze Zeit schweigend zugesehen hatte, konnte oder wollte keine Auskunft zum Verbleib des Safeschlüssels geben.

Kommissar Matthes wandte sich wieder dem rechten Schreibtisch zu. Er schüttete die Büroklammern aus und fand so die Schlüssel für die Lade und die Seitentüren. Hinter der linken

fand man mehrere gebündelte Akten sowie drei CDs, die Fächer rechts waren leer. In der Lade lagen ein Fotoalbum, ein USB-Stick sowie ganz hinten ein Schlüssel mit einem ziemlich ausgefallenen Bart. Dieser passte zum Safe.
Der wurde geöffnet und die Polizisten fanden zwei Pistolen vom Typ Makarow, zwei Reservemagazine, eine Schachtel mit etwa 100 zugehörigen Patronen sowie 20.000 Euro Bargeld, gebündelt in Hunderteuroscheinen.
„Haben Sie oder ihre Söhne für diese Pistolen Waffenscheine?" wurde der Alte gefragt. Ein Kopfschütteln und ein leises „ich weiß nicht" war die Antwort.
Kommissar Matthes sah sich die Waffen an und stellte fest, dass sie nicht geladen und offenbar auch längere Zeit nicht benutzt worden waren. Danach erklärte er: „Das hier alles ist natürlich erst einmal beschlagnahmt, aber selbstverständlich bekommen Sie darüber eine Quittung von uns."
Die Durchsuchung des Hauptgebäudes erbrachte keine besonderen Ergebnisse. Gasträume und Küche waren aufgeräumt und machten einen ordentlichen Eindruck, Kühl- und Lagerräume im Keller enthielten ausschließlich Dinge, die dem Betrieb der Gaststätte zugerechnet werden konnten.

Im geräumigen Obergeschoss waren ausschließlich Wohn- und Schlafräume sowie drei Bäder. Pawel Karamano erklärte, dass er hier mit seiner Frau wohnen würde. Seine beiden Söhne und seine Tochter hätten je ein eigenes Zimmer und von den beiden Gästezimmern sei derzeit eines von Igors Freund belegt. Die Durchsuchung all dieser Räume ergab nichts Auffälliges.

Die beiden Trupps, die sich mit den Nebengebäuden befassten, hatten sich zunächst die hinten quer stehenden vorgenommen, aber bisher nichts Außergewöhnliches entdeckt. Eine umfangreiche Werkstatt, modern eingerichtet und ausgestattet, war durchsucht worden, ebenso wie eine große Scheune, die offensichtlich als Garage diente und in der mindestens sechs PKW hätten Platz finden können. Es stand aber nur ein alter VW-Käfer ohne Zulassungsschilder darin. Im Stockwerk über der Garage wurden dann die Polizisten aber fündig. Sie stießen auf zwei Räume, in den jeweils vier Betten standen, von denen sieben offensichtlich vor kurzem benutzt worden waren. Zwischen den beiden Räumen gab es ein WC mit Waschbecken und Duschkabine. Auch hier deutete alles auf kürzliche Benutzung hin. Udo Spohr, der die Polizisten begleitet hatte, gab keine Auskunft, wer in der letzten Zeit hier genächtigt haben könnte.

Als nächstes sollte das seitlich stehende Haus durchsucht werden. Im Gegensatz zu den anderen Gebäuden, die leicht zugänglich waren, wurde dies aber durch eine massive Stahltür verschlossen. Inzwischen waren alle Polizisten sowie Pawel Karamanow und Udo Spohr dort eingetroffen. „Sie haben doch gewiss einen Schlüssel für diese Tür", wandte sich Kommissar Mattes an den Alten. Der verneinte und sagte: „Die Schlüssel für dieses Gebäude haben nur meine Söhne. Sie haben hier niemand anders hereingelassen, auch mich nicht."
„Na, dann werden wir uns eben mit Gewalt Einlass verschaffen müssen", erhielt er zur Antwort.
Zwei Bereitschaftspolizisten hatten sich inzwischen Werkzeug besorgt und rückten der Tür zu Leibe. Sie hatten diese einen Spalt breit geöffnet, als eine heftige Explosion die Tür aus den Angeln hob und die beiden Polizisten zur Seite warf. Zum Glück wurde keiner von ihnen ernsthaft verletzt.
„Hier wurde offensichtlich eine Sprengfalle eingebaut", stellte der Kommissar fest. „Ich rufe die Spurensicherung und fordere Verstärkung an."

Bei der späteren genaueren Untersuchung des Gebäudes fand man dann reichlich Diebesgut aus vorausgegangenen Einbrüchen sowie

Waffen, darunter zwei Maschinenpistolen und Munition.

Pawel Karamanow behauptete, von dem Ganzen nichts gewusst zu haben, das Gegenteil konnte man ihm vorerst nicht nachweisen.

Udo Spohr aber wurde festgenommen. Es hatte sich nämlich herausgestellt, dass er als Ingenieur bei derjenigen Firma beschäftigt war, die die Alarmanlagen geliefert hatte. An deren Einbau hatte er auch führend mitgewirkt. Man konnte also davon ausgehen, dass er für deren Außerbetriebsetzung gesorgt hatte.

Die späteren Verhöre ergaben, dass Igor Karamanow zusammen mit den acht festgenommen Männern im letzten halben Jahr zahlreiche Wohnungseinbrüche im Raum Darmstadt verübt hatte. Bei sieben der Mittäter handelte es sich um Russen, die sich illegal in Deutschland aufhielten, kaum Deutsch konnten und seit fast neun Monaten in einem Nebengebäude der Gaststätte *Kalinka* gewohnt hatten.

Der Achte war ebenfalls russischer Staatsbürger, lebte aber legal in Deutschland. Er hatte im Haupthaus ein Zimmer und war der Anführer der Bande. Er beherrschte die deutsche Sprache relativ gut und zeigte sich bei den Verhören recht kooperativ. Es stellte sich heraus, dass er den Tipp auf den geplanten

Einbruch in die Villa des Ehepaars Reuterheim gegeben hatte, weil er einen Streit mit Igor Karamanow hatte, nicht zuletzt wegen seines Anteils an der bisherigen Beute.

Gegen alle acht sowie gegen Igor Karamanow, seinen Bruder und seinen Vater, die beide in die Einbruchsserie verwickelt waren, sowie auch gegen Udo Spohr wurde Anklage erhoben. Bis zum Prozessbeginn saßen alle in Untersuchungshaft, da Fluchtgefahr bestand.

13.

Montag; 13:30 Uhr

Hauptkommissar Lutz Waski und seine Kollegen waren mit ihren drei PKW's in der Wohnstätte *Leben lernen in Babenhausen* angekommen. Im geräumigen Büro des Leiters, Edwin Brendow, nahmen sie sich die Liste vor, auf der dieser alle männlichen Personen aufgeführt hatte, die in dem Zeitraum vom 4. bis 11. Oktober des vergangenen Jahres Kontakt mit Marion Greiner hätten haben können und als Vater des ungeborenen Kindes infrage kommen könnten.

Als erstes auf der Liste standen die mit Marion in der Wohngruppe 2 lebenden Jungen. Dies waren der 31 Jahre alte Michael Reismann, der 17 Jahre alte Sven Baumann und der 14-jährige Nils Ortner. Dann waren die Mitarbeiter aufgeführt, die die Bewohner der Wohngruppe 2 betreut hatten. Dies waren Holger Pfandt, Rainer Kirschner und Silvio Wellner.

Als nächstes waren von der Wohngruppe 1 vier Jungen und drei Mitarbeiter und von der Wohngruppe 3 fünf Bewohner und vier Mitarbeiter verzeichnet. Aus dem Bereich 1 standen also insgesamt 22 Personen auf der Liste.

Weiter waren der Hausmeister und zwei seiner Mitarbeiter sowie drei Angestellte der Gärtnerei aufgeführt. Dazu kamen noch vier Personen, die in den Werkstätten für die Anleitung und Betreuung der Heimbewohner zuständig waren. Diese zehn Männer waren alle zwischen 20 und 40 Jahre alt, nur der Hausmeister freute sich mit seinen 65 Jahren schon auf sein Rentnerdasein.

Edwin Brendow ergriff dann das Wort: „In unserem Bereich 2 für Menschen mit Down-Syndrom, die zum Teil nur tagsüber bei uns sind, gibt es natürlich auch noch männliche Personen, sowohl unter den Behinderten, als natürlich auch unter dem Betreuungspersonal. Ich möchte aber mit ziemlicher Sicherheit ausschließen, dass es von diesem Personenkreis Kontakte zu Marion gegeben hat. Ich kann mir eigentlich auch nicht vorstellen, dass einer der auf der Liste aufgeführten Männer Marion Greiner geschwängert hat. Andererseits ist die Schwangerschaft eine Tatsache und unbefleckte Empfängnis können wir ja wohl ausschließen.

Seit ich von der Schwangerschaft weiß, überlege ich, wie und wo diese entstanden sein könnte. Ich vermute, beim Aufenthalt am Edersee. Wir unterhalten dort ein Ferienhaus und in gewissen Abständen fahren unsere Bewohner dorthin. Die Gruppe 2 mit Marion war vom 4. bis 7. Oktober vorigen Jahres dort. Die Übernachtung erfolgt durchweg in Zweibettzimmern, immer ein Bewohner und ein

Mitarbeiter zusammen. Marion war mit Frau Paulsdorf, die sich immer besonders um sie gekümmert hat, im Zimmer 7 untergebracht, das habe ich vorhin nachgesehen. Ich selbst war nur eine Nacht, sie vom 6. zum 7. Oktober, dort."

Kommissar Waski bedankte sich und meinte: „Wir brauchen auch eine Aufstellung aller Personen, die mit am Edersee waren. Wenn ich Frau Greiner richtig verstanden habe, fahren auch manchmal Eltern mit."

Der Heimleiter antwortete: „Das ist richtig. Dieses Mal waren – wenn man einmal von mir absieht – 18 Personen mit im Ferienwochenende. Im einzelnen waren dies die drei Jungen und die drei Mitarbeiter, die als erstes auf ihrer Liste stehen. Außerdem zusammen mit Marion fünf Mädchen und vier Mitarbeiterinnen sowie von den Eltern Frau Reismann, Frau Grau und Herr Eichholz. Karin Grau und Beate Eichholz gehören auch zur Wohngruppe 2. Frau Grau hatte mit ihrer Tochter ein Doppelzimmer, Frau Reismann und Herr Eichholz hatten Einzelzimmer."

„Wir werden alle diese Personen befragen und sie um eine Speichelprobe für einen DNA-Abgleich bitten. Auch von Ihnen hätten wir gern eine solche Probe", antwortete Lutz Waski. Dann gab er folgende Anweisungen:

„Ich bitte die beiden Kollegen vom K 10, den Hausmeister zu befragen sowie die auf der Liste nachstehend aufgeführten neun Männer. Wir brauchen Auskünfte über ihre Beziehungen zu Marion Greiner und wir nehmen natürlich auch DNA-Proben. Ich hoffe, dass alle dazu freiwillig bereit sind.
Melanie und Achim", wandte er sich an seine unmittelbaren Mitstreiter, „sie bitte ich, die auf der Liste stehenden Personen der Wohngruppen 1 und 3 zu befragen. Ich selbst will mich mit den Jungen der Wohngruppe 2 und den entsprechenden Mitarbeitern sowie mit Frau Paulsdorf unterhalten und dann müssen wir auch noch mit Frank Eicholz sprechen, der ja mit am Edersee war. Seine Adresse kann ich sicher von Ihnen bekommen", fragte er Edwin Brendow.
„Das ist kein Problem", antworte dieser, „aber Michael Reismann können sie nicht befragen, der ist – wie sie wissen - am 11. November des vergangen Jahres ganz plötzlich verstorben und Holger Pfandt ist nicht mehr bei uns. Er hat zum 31. Dezember gekündigt und arbeitet jetzt in einem Pflegeheim in Obertshausen. Sicher können Sie ihn dort erreichen, die Adresse kann ich Ihnen geben. Eine Speichelprobe von mir können Sie natürlich jederzeit haben, am besten gleich."

Diese Prozedur wurde von Achim Liebers umgehend erledigt.

Kommissar Waski saß mit Rainer Kirschner in dessen Zimmer und sagte: „Herr Kirchner, dass wir die Leiche von Marion Greiner gefunden haben, werden Sie ja inzwischen erfahren haben. Bei der gerichtsmedizinischen Untersuchung wurde festgestellt, dass sie schwanger war. Wir suchen nun natürlich nach dem Vater, können Sie uns dabei helfen?"

Rainer Kirschner machte einen völlig verblüfften Eindruck und antwortete: „Also, das kann ich mir gar nicht vorstellen. Wann soll es denn zu dieser Schwangerschaft gekommen sein?

„Wie gehen von dem Zeitraum 4. bis 11. Oktober des vergangenen Jahres aus", erhielt er zur Antwort. „Wie waren denn Ihre Beziehungen zu Marion?"

„Sie verdächtigen doch wohl nicht mich, Marion geschwängert zu haben", empörte sich Kirchner. „Natürlich habe ich Marion gekannt und auch betreut, wenn Manuela, also Frau Paulsdorf, die sich meist um Marion gekümmert hat, nicht da war. Ich hatte ein liebevolles Verhältnis zu Marion, stellen sie sich eine Vater/Tochter Beziehung vor. Aber in sexueller Hinsicht war sie, wie alle unsere Bewohner, natürlich völlig tabu für mich. Übrigens, da fällt mir ein, vom 4. bis 7.

Oktober waren wir alle im Ferienhaus am Edersee. Dort könnte es passiert sein, ich kann mir aber nicht erklären, wie das vor sich gegangen sein soll."

Kommissar Waski beschwichtigte „Wir verdächtigen Sie keineswegs, aber Sie verstehen sicher, dass wir alle für die Vaterschaft theoretisch infrage kommenden Personen befragen müssen. Sicher haben Sie auch keine Einwände, wenn wir Sie um eine Speichelprobe für einen DNA-Abgleich bitten. Danach würde ich mich gern mit Ihren Schützling Sven Baumann unterhalten und auch von ihm eine Speichelprobe nehmen, wobei Sie unbedingt dabei sein sollten."

„Natürlich können Sie die Speichelprobe haben", antwortete Rainer Kirschner, „und wir können auch zu Sven gehen, aber versprechen Sie sich nicht zuviel. Sven ist 17 Jahre alt, sein geistiger Entwicklungsstand entspricht allerdings dem eines Fünfjährigen."

Lutz Waski entnahm aus einem Röhrchen einen Wattetupfer, führte diesen in den Mund von Rainer Kirschner und steckte ihn zurück. Dann verschloss er das Röhrchen sorgfältig und beschriftete es.

Nachdem diese Prozedur erledigt war, gingen beide Männer in das Zimmer von Sven Baumann. Dieser saß in einer Ecke und spielte hingebungsvoll mit einem Feuerwehrauto.

Als er die beiden Männer sah, sprang er auf, lief auf Rainer Kirschner zu und umarmte ihn. Waski gab ihm die Hand, ging in der Spielecke in die Hocke, nahm das Feuerwehauto und rief: „Tatü-Tata." Sven lief hin zu ihm, riss sein Auto an sich und sagte: „Ich bin Feuerwehr, es brennt!" Dann fuhr er mit seinem Spielzeug umher und rief: „Feuerwehr kommt, Tatü-Tata, Tatü-Tata, wir löschen."
„Das machst du aber sehr gut", lobte ihn der Kommissar. „Spielst du immer allein?"
„Nein, manchmal auch mit Nils, Beate und Lia, aber Mädchen sind blöd", erklärte Sven.
„Marion auch", wollte Waski wissen. „Marion ist nicht blöd, sie ist ein schönes Mädchen, aber schon lange weg", lautete die Antwort.
Lutz Waski erhob sich und meinte, dass wohl keine weiteren Auskünfte von Sven zu erwarten seien. Sein Betreuer nickte bestätigend. Dann wurde noch die Speichelprobe von Sven genommen und während dieser seine *Brandbekämpfung* wieder aufnahm, verließen die beiden Männer das Zimmer.

Das anschließende Gespräch Silvio Wellner und die Beschäftigung mit seinem Schützling Nils Ortner, verliefen ziemlich analog.
Wellner war ob der Tatsache, dass Marion Greiner schwanger gewesen war, genauso überrascht wie Kirchner und wie dieser empört, dass er gefragt wurde, ob er der Vater

sein könnte. Eine Speichelprobe hat er ohne Einwände abgegeben. Der vierzehnjährige Nils Ortner war durch seine Behinderung nicht in der Lage, sich zu artikulieren. Auf ein Bild von Marion Greiner, das der Kommissar ihm zeigte, reagierte er nicht. Eine Speichelprobe hat er sich von seinem Betreuer ohne weiteres abnehmen lassen.

Als nächstes suchte Hauptkommissar Waski das Gespräch mit Manuela Paulsdorf. Er bat sie in den um diese Zeit leeren Speiseraum und begann nach einer kurzen Begrüßung die Befragung: „Frau Paulsdorf, Sie wissen ja bereits dass Marion schwanger war, wir suchen nach dem Vater und möchten die Umstände aufklären, die zu der Schwangerschaft geführt haben. Nach unseren bisherigen Erkenntnissen ist das mit hoher Wahrscheinlichkeit während des Aufenthaltes der Wohngruppe 2 am Edersee vom 4. bis 7. Oktober vergangenen Jahres geschehen. Sie waren ja dort eigentlich die ganze Zeit mit Marion zusammen. Was können Sie mir sagen, wer da mit Marion Geschlechtsverkehr gehabt haben könnte?"
„Seit ich von Marions Schwangerschaft weiß, habe ich mir darüber auch schon der Kopf zerbrochen", lautete die Antwort. „Natürlich war ich während unseres Ferienaufenthaltes viel mit Marion zusammen, noch mehr als sonst. Wir haben auch in einem Zimmer übernachtet,

aber es gab durchaus auch Zeiten, in denen Marion allein war. Wenn unsere Schützlinge abends eingeschlafen waren, haben wir Betreuer und die Eltern, die mit waren, meist noch zusammen gesessen. Sie werden mich jetzt fragen, ob dies an allen drei Abenden der Fall war und ob immer alle Erwachsenen anwesend waren. Ich habe versucht, mich zu erinnern und kann nur sagen: Meines Wissens nach ja."

„Wie lange am Abend haben sie denn so zusammen gesessen?", wollte Waski wissen.

„So von 19:00 Uhr an, als unsere Schützlinge alle in ihren Betten waren, bis so bis um zehn oder elf", lautete die Auskunft.

Der Kommissar bedankte sich, übergab seine Visitenkarte und bat Frau Paulsdorf, ihn anzurufen, falls ihr noch irgendetwas, und sei es eine Kleinigkeit, einfallen würde.

Es war dann fast 17:00 Uhr, als die Kriminalisten wieder zusammen kamen. Die notwendigen Proben für die DNA-Abgleiche waren alle ohne Probleme genommen worden, relevante Erkenntnisse zum Vater des ungeborenen Kindes und zu den Umständen seiner Zeugung konnten aber nicht gewonnen werden.

Hauptkommissar Waski fasste zusammen: „Wir müssen jetzt die Auswertungen der genommenen Proben abwarten. Ihnen", und damit wandte er sich an seine beiden Kollegen vom K 10, „danke ich für ihre Unterstützung und bitte sie, die Proben noch zur Gerichtsmedizin nach Frankfurt zu bringen. Damit wäre dann ihr Einsatz beendet."

Er fuhr dann, an seine Mitarbeiterin gewandt, fort: „Sie Melanie, bitte ich, zusammen mit Achim die Befragung von Frank Eicholz zu übernehmen. Adresse und Telefonnummern, auch die vom Handy, hat uns ja Brendow gegeben. Danach wäre dann Dienstschluss für sie beide. Ich werde mich noch mit Holger Pfandt unterhalten und dann auch Feierabend machen. Wir treffen uns morgen um 9:00 Uhr im Präsidium."

Damit gingen die Kriminalisten auseinander.

Hauptkommissar Waski begab sich in das Büro von Edwin Brendow und ließ sich die Telefonnummer des Heimes in Obertshausen geben, in dem Holger Pfandt arbeiten sollte.

Er nahm sein Handy, rief dort an und ließ sich mit der Heimleitung verbinden. Es meldete sich eine Frau Klausner. Waski stellte sich vor und fragte, wann und wo er Holger Pfandt erreichen könne.

Die Antwort überraschte ihn. Frau Klausner teilte mit, dass Pfandt vor zwei Tagen festgenommen worden sei und jetzt in Untersuchungshaft sitzen würde. Gründe dafür konnte oder wollte sie nicht nennen.

Nach einigen Telefongesprächen hatte Lutz Waski schließlich Kriminalhauptkommissarin Elvira Taubitz vom Polizeipräsidium Südosthessen am Apparat. Er erklärte, wer er sei, um welchen Fall es geht und dass er Holger Pfandt sprechen müsse und eine DNA-Probe von ihm benötigen würde. Kommissarin Taubitz informierte, dass man Pfandt einige Tötungsdelikte zur Last legen würde und dass er gerade aus der JVA Frankfurt Main I zu weiteren Vernehmungen geholt würde. Mehr Informationen wollte sie am Telefon nicht preisgeben. Sie schlug aber vor, dass man sich am morgigen Vormittag treffen und dann auch gemeinsam Holger Pfandt in der Sache Marion Greiner verhören könne. Waski war einverstanden und man verabredete sich für 10:00 Uhr im Präsidium in Offenbach.

Daraufhin teilte Kommissar Waski seinen Kollegen mit, dass die Dienstbesprechung am morgigen Tag auf 8:00 Uhr vorgezogen würde. Schließlich schickte er noch seinem Chef, Kriminalrat Hasse, eine ausführliche E-Mail mit den bisherigen Ergebnissen. Eine Kopie ließ er Kriminalrat Schwarz zukommen. Dann verabschiedete er sich von Edwin Brendow und fuhr nach Hause, hatte allerdings nicht das Gefühl, einen entscheidenden Schritt weitergekommen zu sein.

14.

Montag; 18:00 Uhr

Lutz Waski saß mit seiner Frau und den Schwiegereltern am Abendbrotstisch. Er war kurz zuvor nach Hause gekommen, hatte seinen Sohn auf den Arm genommen, ihn frisch gewindelt und zugesehen, wie er in sein Bettchen gebracht wurde.

Lilo, seine Schwiegermutter fragte: „Du hast doch heute sicher noch nichts Ordentliches gegessen. Wir hatten heute zu Mittag Weißkohleintopf mit Rindfleisch, ich habe dir eine Portion warm gemacht, magst du?"

„Gern" erwiderte Lutz, „du weißt doch, ich mag Eintopf."

Die anderen langten bei Wurst, Käse, Tomaten und Gurken zu. Währenddessen stillte Lutz ihre Neugier und berichtete über den Verlauf seines ersten offiziellen Arbeitstages.

„Du kommst doch nachher sicher mit zum Skat", wollte sein Schwiegervater wissen.

„Wir nehmen ein Auto, Steffi kommt auch mit, sie will zur Probe des Kirchenchores, diese findet praktisch nebenan statt. Da können wir dann auch gemeinsam heimfahren."

Es war dann 18:45 Uhr, als die beiden Männer im Haus Valentin eintrafen, dem Spielort der *Reizenden Buben*, wie sich der Eppertshausener Skatverein nennt. Der Vorsitzende, Harald

Kruse, begrüßte sie und wandte sich an Lutz: „Dein Schwiegervater hat gesagt, du willst Mitglied bei uns werden?"
Waski bejahte, füllte den Mitgliedsantrag aus und entrichtete den Jahresbeitrag von fünfzehn Euro. Außerdem bezahlte er sein Startgeld von sieben Euro. „Aus den Startgeldern werden die Preise finanziert", erklärte Harald, „und nun wünsche ich dir viel Spaß bei uns. Wir spielen übrigens streng nach der Skatwettspielordnung des Deutschen Skatverbandes DSkV, also ohne Kontra, Re, Bock und Ramsch. Auch wird an den einzelnen Tischen nicht um Geld gespielt, nur die verlorenen und die eingepassten Spiele kosten etwas. Aber das kennst du ja schon."
Inzwischen waren weitere Skatfreunde gekommen, diesmal 16 Männer und 3 Frauen.
Pünktlich 19:00 Uhr zogen dann alle ihre Startkarte für die erste Serie und die insgesamt 22 Personen verteilten sich auf vier Vierer- und zwei Dreiertische.
Bevor es losging, ergriff Harald das Wort: „Liebe Skatfreunde, wir begrüßen ein neues Mitglied, den Schwiegersohn von Werner, Kriminalhauptkommissar Lutz Waski. Er leitet die Ermittlungen zu dem Leichenfund im Abteiwald von vorgestern, ihr habt sicher davon gehört. Sicher seid ihr, genauso wie ich,

interessiert, Näheres zu erfahren. Was kannst du uns sagen, Lutz?"
Dieser antwortete: „In aller Kürze nur soviel: Vorgestern gegen 14:00 Uhr hat eine Spaziergängerin im Abteiwald eine weibliche Leiche entdeckt. Wir wissen inzwischen, dass es sich um Marion Greiner handelt. Das mehrfach behinderte Mädchen war in der Nacht vom 2. zum 3. Dezember des vergangenen Jahres unter mysteriösen Umständen aus der Behindertenwohnstätte in Babenhausen verschwunden. An die aufwändige Suchaktion damals könnt ihr euch vielleicht erinnern. Die Obduktion hat ergeben, dass Marion erdrosselt wurde. Es gab aber keinerlei Anzeichen für irgendwelche Misshandlungen oder sexuellen Missbrauch. Wer für den Tod des Mädchens verantwortlich ist und wie und warum die Leiche in den Abteiwald abgelegt wurde, wissen wir noch nicht. Fest steht, dass der Fundort nicht der Tatort ist. Mehr kann und will ich euch hier nicht sagen. Sicher sind wir nächsten Montag schlauer."
Dann begann der Spielbetrieb. Lutz saß am Tisch 3 und beendete die erste Serie, in der 9 Runden gespielt wurden, mit 823 Punkten.
In der Pause vor der zweiten Serie, in der die Spieler nach den erzielten Ergebnissen die Tische besetzten, kam Manfred auf Waski zu: „Du, Lutz, ich spiele ja auch freitags im Skat-

verein *Pick Ass-Zehn* Babenhausen. Dort spielt auch oft Edwin Brendow mit, der ja die Wohnstätte in Babenhausen leitet Vor ein paar Wochen fragte er mich, ob ich ihm kurzfristig 5.000 Euro leihen könnte, er hätte einen todsicheren Tipp und würde mir 6.000 Euro zurückzahlen. Ich bin auf den Handel nicht eingegangen und er hat auch nicht gesagt, was das für ein Tipp sein sollte. Aber ich dachte, vielleicht solltest du das wissen."
Lutz bedankte sich und dann wurde die zweite Serie gespielt. Am Ende hatte er 1452 Punkte, was zu Platz 8 reichte. Es gab aber nur sieben Preise. Sein Schwiegervater war besser, mit 1966 Punkten wurde er Dritter und konnte einen Präsentkorb mit Wurstkonserven, Kaffee, Sekt und Schweinesteaks mit nach Hause nehmen.
Die beiden Männer holten Steffi ab, die mit ihrer alten Freundin Heidrun und weiteren Frauen unterschiedlichen Alters noch auf einen Schwatz zusammen saß. Auf dem Heimweg schwärmte Steffi: „Das hat mir heute Abend richtig Spaß gemacht. Viele Chormitglieder kenne ich noch von früher und die Chorleiterin, Claudia Grün, ist richtig gut. Übrigens hat mir Heidrun, die ja in der Babenhausener Filiale der Gemeinschaftsbank Hessen/Thüringen arbeitet, erzählt, dass es offenbar Probleme mit ihrer Chefin gäbe.

Frau Reismann sei jedenfalls seit zwei Tagen nicht auf Arbeit gewesen und es wird gemunkelt, dass man sie entlassen würde."
Es war dann fast 23:00 Uhr, als die Drei nach Hause kamen. Steffis Mutter war noch wach und berichtete, dass Tobias ruhig durchgeschlafen hätte. Steffi ging gleich nach oben, um ihn zu stillen und zu wickeln.
Die beiden Männer blieben noch auf ein Bier im Arbeitszimmer und erzählten gegenseitig vom Verlauf ihrer Skatrunden.

15.

Montag; 19:00 Uhr

Kriminalhauptkommissar Otmar Abel hatte in seinem Dienstzimmer Besuch von den beiden Kollegen Markus Borgert und Volker Matthes. Abel leitete innerhalb der Regionalen Kriminalinspektion Darmstadt (RKI) das Kommissariat K 23 *Vermögens- und Fälschungsdelikte*. Er war etwa fünfzig Jahre alt und wirkte, auf Grund seiner Körpergröße von vielleicht 1,70 m und einem leichten Bauchansatz recht bieder. Dieser Eindruck wurde noch verstärkt durch ein rundes, freundliches Gesicht, das ein gepflegter Oberlippenbart zierte. Otmar Abel war mit einer grauen Flanellhose, einem weißem Oberhemd, das er am Kragen offen trug, und einem dunkelgrauen Wollpullover mit spitzem Ausschnitt bekleidet. Eine leichte Windjacke hing über seinen Stuhl. Seine beiden Besucher waren fast identisch angezogen, nämlich mit Jeans, leichten Pullovern in dunkelgrau bzw. oliv und beigefarbenen Stoffjacken.

Kommissar Abel begann die Unterhaltung: „Wie ich euch schon am Telefon gesagt habe, ist uns das türkische Spezialitätenrestaurant *Goldenes Horn* nicht unbekannt. Es liegt draußen im Stadtteil Eberstadt, der Besitzer ist Hasan Keirim. Dieser ist deutscher Staats-

bürger türkischer Abstammung. In den Kellerräumen seines Lokals finden regelmäßig Glückspiele um ziemlich hohe Summen statt, hauptsächlich Poker und Black Jack. Wir haben diese Spielhölle seit längerem unter Beobachtung. Wenn ihr mich nun fragt, warum wir sie noch nicht ausgehoben haben, sage ich folgendes: Wir haben einen Mann dort, der zwar nicht regelmäßig, aber doch ab und zu mitspielt und Keirim selbst zeigt sich durchaus kooperativ. Wenn wir seinen Laden schließen, suchen sich die Spieler einen anderen Ort, den wir dann erst mühsam ausfindig machen müssten. Außerdem ginge uns eine Quelle für mancherlei Informationen verloren. Dass Jewgeni Karamanow an dem Lokal beteiligt sein soll, ist mir allerdings neu. Nach den Ergebnissen der Durchsuchung in Kranichstein halte ich es aber durchaus für möglich, dass das *Goldene Horn* ein weiterer Stützpunkt der Karamanows ist. Ich schlage vor, wir statten diesen Etablissement nachher einen Besuch ab und sehen uns die Spielhölle einmal genauer an. Wahrscheinlich finden wir den jüngeren der Karamanow Brüder dort. Ich denke, ein SEK wird nicht nötig sein, aber ein paar Leute sollten wir schon mitnehmen."
Markus Borgert und Volker Matthes waren einverstanden und gemeinsam begannen die drei Kommissare mit der Detailplanung.

Es war dann kurz nach 22:00 Uhr, als Kriminalhauptkommissar Otmar Abel zusammen mit seinen beiden Kollegen Borgert und Mathes die Gaststätte *Goldenes Horn* betrat. Der Gastraum war nur mäßig besetzt, für einen Montag um diese Zeit nicht ungewöhnlich. Der Wirt, Hasan Keirim, stand hinter dem Tresen, kam auf die Neuankömmlinge zu und sagte: „Hallo, Herr Kommissar Abel, ich freue mich, sie zu sehen."
„Ob ihre Freude lange anhält, werden wir sehen", erhielt er zur Antwort. „Wir, meine beiden Kollegen, die Kommissare Borgert und Mathes, und ich wollen uns nämlich einmal in ihren Kellerräumen umsehen. Und lassen sie die Hand vom Alarmknopf, vor dem Hinterausgang stehen sowieso Kollegen von uns. Vor allem suchen wir Jewgeni Karamanow, ist der hier?"
Keirim nickte und meinte, dass der Gesuchte unten beim Poker sitzen würde. Inzwischen waren fünf Schutzpolizisten in den Raum gekommen. Zwei von ihnen stiegen gemeinsam mit den drei Kommissaren die Kellertreppe hinab, stürmten mit gezogenen Pistolen in die Spielhalle und Kommissar Abel rief: „Hier ist die Polizei! Alle sitzen bleiben und Hände auf den Tisch!"
In dem Moment ging das Licht aus.

Die Polizisten waren gewappnet, starke Taschenlampen blitzen auf und erhellten den Raum. Der Mann, der am Hinterausgang stand und den Lichtschalter betätigt hatte, wurde aufgefordert, das Licht unverzüglich wieder einzuschalten. Das geschah.

Um einen Tisch in der Mitte des Raumes saßen vier Männer, Karten und eine ziemliche Menge an Euro-Scheinen lagen vor jedem. Offensichtlich wurde hier gepokert.

Hinter einem länglichen Tisch, rechts im Raum, saß ein einzelner Mann, zwei Kartenstapel vor sich. Auf der anderen Tischseite hatten drei Männer und eine Frau Platz genommen. Auch hier lag einiges an Bargeld umher. Das Erscheinen der Polizei hatte das Black-Jack Spiel unterbrochen.

Hauptkommissar Abel nahm wieder das Wort, diesmal in normaler Lautstärke: „Meine Dame, meine Herren, sie sind alle vorläufig festgenommen. Wir werden jetzt ihre Personalien aufnehmen und dann entscheiden, was weiter mit jedem von ihnen geschieht. Das Geld ist natürlich erst einmal beschlagnahmt, bis seine Herkunft geklärt ist." Weitere Polizisten waren inzwischen durch den Hintereingang, der vorher von ihnen gesichert worden war, hereingekommen.

Je zwei von ihnen zählten das Geld, welches auf dem Pokertisch bzw. vor den Black-Jack

Spielern lag. Es waren einmal fünfundfünfzigtausend und zum anderen achtundzwanzigtausend Euro. Die anderen Polizisten begannen, die Personalien der Anwesenden aufzunehmen.
Kommissar Borgert ging zu dem Mann, der das Licht ausgeschaltet hatte. Dieser unterschied sich in Kleidung und Auftreten deutlich von den übrigen Gästen und bot das typische Bild eines Türstehers und Rausschmeißers. Auf Nachfrage nannte er Namen und Alter: Ben Beilmann, 37 Jahre, und betonte, dass er hier angestellt sei, um für Ordnung zu sorgen.

Kommissar Mathes hatte sich inzwischen den Pokerspielern zugewandt und fragte: „Wer von ihnen ist Jewgeni Karamanow?"
Ein etwa fünfzigjähriger, mit Anzug und offenem Oberhemd gut gekleideter Mann erhob sich und antwortete: „Ich. Was wollen sie von mir? Wir haben hier nur ein bisschen gespielt unter Freunden. Das ist doch nicht verboten."
Der Kommissar entgegnete: „Illegales Glücksspiel ist in Deutschland sehr wohl verboten, aber darum geht es erst in zweiter Linie. Sie wissen vielleicht, dass wir heute ihren Bruder bei einem Einbruch hier ganz in der Nähe überrascht und ihn mit samt seiner Bande festgesetzt haben. Was wissen Sie von den Einbrüchen? Inwieweit waren Sie beteiligt? Ich mache Sie aber darauf aufmerksam, dass

Sie sich nicht selbst belasten müssen, das Recht haben, die Aussage zu verweigern und dass Sie auch einen Anwalt hinzuziehen können.
Also, möchten sie etwas dazu sagen?"
Karamanow erklärte, dass er von den Einbrüchen nichts wisse und verlangte, freigelassen zu werden, da man ja seine Personalien habe.
Hauptkommissar Mathes sagte daraufhin:
„Eine Freilassung kommt überhaupt nicht infrage. Sie kennen sicher das Lager mit dem Diebesgut in Kranichstein. Wir kennen es inzwischen auch und ich möchte wetten, dass wir auf manchen der gestohlenen Gegenstände auch ihrer Fingerabdrücke finden. Sie bleiben also vorläufig in Polizeigewahrsam und werden morgen dem Haftrichter vorgeführt."
Daraufhin verweigerte Jewgeni Karamanow jegliche weitere Aussage und wurde schließlich abgeführt.
Hauptkommissar Abel hatte sich mit Uli Schneider, einem der Pokerspieler, und Hasan Keirim in einen Nebenraum zurückgezogen.
„Na, Uli", eröffnete er das Gespräch, „hast du Neuigkeiten erfahren?"
Oberkommissar Schneider, der verdeckt in der Spielhölle ermittelt hatte, meinte, dass es nicht viel zu berichten gäbe. Lediglich Max Meinhard, ein offensichtlich sehr gut betuchter Unternehmer aus Höchst im Odenwald, hätte

sich verdächtig gemacht. Einmal weil er am Pokertisch sehr viel Geld eingesetzt hätte, wobei es sich wahrscheinlich um Schwarzgeld handeln dürfte. Zum anderen, weil er sich nach einer Autowerkstatt erkundigt habe, die einen Karosserieschaden ohne Aufsehen beseitigen könne. Er habe mit seinem Audi A6 in der Nacht vom vergangenen Mittwoch auf Donnerstag einen Unfall gebaut und das Auto seither in seiner Garage abgestellt.

„Meinhard nehmen wir mit aufs Präsidium", entschied Kommissar Abel. „Um die Schwarzgeldgeschichte sollen sich die Kollegen zusammen mit der Steuerfahndung kümmern und Ewald (gemeint war Hauptkommissar Ewald Winter) wird froh sein, in der Fahrerfluchtgeschichte weiter zu kommen.

Von Ihnen", damit wandte er sich an Hasan Keirim, „hätte ich gern mehr über ihr Verhältnis zu den Karamanows gewusst."

Dieser schilderte dann, dass sich Jewgeni Karamanow vor etwa einem halben Jahr mit 100.000 Euro als stiller Teilhaber an seinem Lokal beteiligt habe. Er fuhr fort: „Ich hatte damals ein Liquiditätsproblem, weil ich an einige Spieler größere Beträge verliehen und nicht zurückerhalten hatte. Jewgeni war danach regelmäßig hier, hat sich aber ausschließlich um den Spielkeller gekümmert und sicher dort seinen Reibach gemacht. Ich war

erleichtert, dass ich mit dem Geschehen im Keller nichts mehr zu tun hatte und mich voll auf den Restaurantbetrieb konzentrieren konnte. Von sonstigen kriminellen Machenschaften seitens der Karamanows ist mit nichts bekannt, Natürlich kenne ich Jewgenis Bruder und auch seinen Vater, beide waren ein paar Mal zum Essen hier, mehr aber auch nicht."
„Na schön", gab sich Otmar Abel vorerst zufrieden. „Aus meiner Sicht reicht es aus, wenn Sie morgen um 10:00 Uhr bei mir im Präsidium erscheinen, aber das muss ich erst noch mit meinen Kollegen absprechen."

Während sich Kommissar Abel mit seinem Kollegen Schneider und mit Hasan Keirin unterhielt, hatte sich Kommissar Borgert die Namensliste der im Keller angetroffenen Personen genauer angesehen und war dabei auf Edwin Brendow gestoßen. Er bat diesen in einen weiteren Nebenraum und führte folgendes Gespräch, bei dem ein Kollege der Schutzpolizei als Zeuge anwesend war:
„Herr Brendow", begann der Kommissar, „wenn ich richtig informiert bin, leiten Sie in Babenhausen eine Behindertenwohnstätte und haben wegen des gewaltsamen Todes einer ihrer Bewohnerinnen mit meinem Kollegen Hauptkommissar Waski zu tun. Wie kommen sie denn hier in diese Spielhölle?"

Mit weinerliche Stimme antwortete Brendow: „Vor zwei Jahren ist meine Frau an Brustkrebs gestorben. Wir waren über 30 Jahre verheiratet. In ihren letzten zwei Lebensjahren habe ich sie gepflegt, ihr Gesundheitszustand wurde immer schlechter, der Krebs hatte sich im ganzen Körper ausgebreitet. Nach dem Tod meiner Frau bin ich in ein tiefes Loch gefallen. Die Arbeit im Heim mit mehrfach behinderten Menschen hat zusätzliche Kraft gekostet. Da bin ich, um auf andere Gedanken zu kommen, an einem Sonntag im September des vorletzten Jahres in die Spielbank nach Bad Homburg gefahren. Das Spielen, insbesondere Black Jack hat mich fasziniert, zumal ich gleich zweitausend Euro gewonnen hatte. Ich fuhr dann an meinen freien Tagen immer öfter in die Spielbanken Wiesbaden und Bad Homburg. Wenn ich verloren hatte, versuchte ich mit doppeltem Einsatz die Verluste wieder reinzuholen. Die Summen, um die ich spielte, wurden immer größer und bald reichten mir die offiziellen Kasinos nicht mehr aus und ich fing an, hier zu spielen. Im vergangenen Herbst hatte ich geglaubt, meine Spielsucht mit Hilfe einer guten Bekannten überwunden zu haben. Von Dezember bis vor einem Monat habe ich nicht gespielt, aber die Sucht war stärker. Deshalb war ich in den letzten beiden

Wochen und auch heute wieder hier. Ich werde aber eine Therapie machen."
Kommissar Borgert nahm diese Aussage zur Kenntnis und erklärte dann: „Herr Brendow, mein Kollege hat ihre Ausführungen aufgezeichnet. Wenn sie damit einverstanden sind, dass wir daraus ein entsprechendes Protokoll anfertigen und sie dies dann unterschreiben, können sie von mir aus danach heimfahren. Ich muss das allerdings noch mit meinen Kollegen besprechen."

Inzwischen war es kurz vor Mitternacht. Die Kommissare Abel, Borgert, Mathes und Schneider saßen zusammen und berieten das weitere Vorgehen. Sie kamen überein, Jewgeni Karamnaow und Max Meinhard vorläufig festzunehmen und Hasan Keirim sowie die übrigen Spieler, mit Ausnahme von Brendow, für den folgenden Vormittag auf das Präsidium zu bestellen. Dort sollte auch die Herkunft des beschlagnahmten Geldes im Einzelnen geklärt werden.

Kriminalhauptkommissar Abel ging in den großen Kellerraum, teilte den Anwesenden diese Entscheidung mit und bedankte sich bei den Kollegen von der Schutzpolizei.

Damit war der Einsatz beendet.

16.

Dienstag; 7:30 Uhr

Hauptkommissar Waski betrat sein Dienstzimmer und war erstaunt, seine Kollegin Melanie Forstmann schon an ihrem Schreibtisch vorzufinden. Die junge Frau war heute mit einem hellbraunen Kostüm, dessen Jacke sie über ihren Stuhl gehängt hatte, und einer beigefarbigen, leicht gemusterten Bluse sehr adrett gekleidet. Sie war dezent geschminkt und machte einen aufgeräumten Eindruck.

Lutz, dem seine Mitarbeiterin immer besser gefiel, begrüßte diese: „Guten Morgen, Melanie. Sie sehen heute ja wieder bezaubernd aus und sind auch schon zeitig hier. Wie war denn Ihr gestriger Abend? Ich war mit meinem Schwiegervater Skatspielen und habe dabei einen vielleicht wichtigen Hinweis erhalten, doch dazu nachher mehr."

Melanie lachte: „Danke für das Kompliment, mit Hinweisen kann ich aber nicht dienen. Wir, meine Lebensgefährtin und ich, waren im Kino und haben uns endlich den Film *Ziemlich beste Freunde* angesehen, was wir schon lange vorhatten. Dann haben wir den Abend in einer Bar ausklingen lassen."

„Privat wissen wir ja noch wenig voneinander", meinte Lutz. „Das wird sich sicher aber mit der Zeit ändern. Wenn wir diesen Fall hier

gelöst haben, würde ich Sie und Achim gern zu uns nach Hause einladen. Da lernen sie auch meine Frau kennen und unseren zehn Monate alten Tobias, der schon fleißig durch die Wohnung krabbelt. Ja, dann muss ich auch noch meinen Einstand im K 10 geben, die Kollegen kennen mich ja überhaupt noch nicht. Wie ist denn das bei euch üblich?"
Oberkommissarin Forstmann antwortete: „Mit der Vorstellung wird sich unser Chef schon was einfallen lassen. Wenn dann mit einem Glas Sekt auf gute Zusammenarbeit angestoßen wird, ist die Sache erledigt."
Während sich die beiden noch unterhielten, kamen Kriminalrat Torsten Haase und Kriminalrat i.R. Karlheinz Schwarz in den Raum. Nach der gegenseitigen Begrüßung ergriff Ersterer das Wort: „Lutz, ich habe ihre Mail gelesen und möchte an ihrer Besprechung jetzt teilnehmen, obwohl ich wenig Zeit habe."
Waski schaute auf seine Armbanduhr: „Es ist jetzt fünf Minuten vor acht. Wir beginnen pünktlich, auch wenn Kommissaranwärter Liebers bis um acht nicht hier sein sollte."
In dem Moment kam Achim auch schon zur Tür herein, blickte in die Runde, dann auf seine Uhr und fragte: „Bin ich zu spät?"
„Nein, es ist alles okay", wurde er von Lutz beruhigt. Dieser fuhr dann fort: „Ich fasse einmal die gestrigen Ereignisse zusammen.

Wir haben in der Wohnstätte für behinderte Menschen in Babenhausen insgesamt 33 männliche Personen befragt und von ihnen Speichelproben genommen, die gerade ausgewertet werden. In keinem Fall gab es Schwierigkeiten, obwohl natürlich alle, soweit sie in der Lage waren, sich zu artikulieren, die Frage nach einem sexuellen Kontakt zu Marion Greiner vehement verneinten.

Aus den Gesprächen ergibt sich die Vermutung, dass Marion mit hoher Wahrscheinlichkeit zwischen dem 4. und 7. Oktober vorigen Jahres geschwängert wurde. Die Wohngruppe 2 war in dieser Zeit zu einem Ferienaufenthalt am Edersee. Außer den in Babenhausen befragten Personen waren dort auch Frank Eichholz, dessen Tochter Beate in der Wohngruppe 2 lebt, sowie Michael Reismann und der Mitarbeiter Holger Pfandt, der sich besonders um Michael gekümmert hat, anwesend. Eicholz wurde gestern von Kollegin Forstmann befragt.

Sie haben ihn doch erreicht", wandte er sich an Melanie. Diese bejahte und sagte, dass Frank Eicholz die Frage nach intimen Kontakten zu Marion empört verneint, eine Speichelprobe aber bereitwillig abgegeben habe.

Kommissar Waski setzte seinen Bericht fort: „Den mehrfach behinderten Michael Reismann konnten wir nicht befragen, er ist am 11.11.

vergangen Jahres im Alter von 31 Jahren ganz plötzlich verstorben. Damit kommen wir auch nicht zu seiner DNA, da er eingeäschert wurde. Vielleicht genügt aber auch die DNA seiner Mutter. Frau Annegret Reismann ist übrigens mit dem Leiter der Behindertenwohnstätte, Edwin Brendow, liiert. Außerdem war sie Leiterin des Wohnstättenbeirates und übte dort die Funktion der Rechnungsprüferin aus. Da ihr Sohn nicht mehr im Heim lebt, musste sie zum 31. Dezember aus dem Beirat ausscheiden und natürlich auch ihre Funktion abgeben.
Ich komme hierauf nochmals zurück.
Holger Pfand, der für die Betreuung von Michael Reismann besonders zuständig war, hat in Babenhausen zum vergangenem 31. Dezember gekündigt und danach eine Stelle in einem Pflegeheim in Heusenstamm angenommen. Zur Zeit sitzt er allerdings in Untersuchungshaft. Hauptkommissarin Elvira Taubitz vom Polizeipräsidium Südosthessen, mit der ich gestern telefoniert habe, sagte, dass man Pfandt mehrere Tötungsdelikte vorwerfen würde.
Ich bin nachher, für 10:00 Uhr, in Offenbach mit Frau Taubitz verabredet. Gemeinsam wollen wir Pfandt vernehmen, vielleicht ist er ja auch für den Tod von Marion Greiner verantwortlich.

Ich glaube übrigens nicht, dass die Schwangerschaft das Motiv dafür ist. Aber Glauben ist nicht Wissen und den Kindesvater müssen wir natürlich ermitteln.
Noch zwei Dinge zum Schluss:
Ich war gestern zum Spielabend des Eppertshausener Skatklubs. Zusammen mit meinem Schwiegervater habe ich vorher auch schon ein paar Male mitgespielt. Gestern nun hat mir in der Pause ein Skatbruder, der beim Skatverein Babenhausen mit Brendow zusammen kommt, mitgeteilt, dass dieser ihm vor kurzem um ein Darlehen von 5.000 Euro gebeten hätte, für das er nach vier Tagen 6.000 Euro zurück erhalten könne.
Zweitens hat meine Frau von ihrer langjährigen Freundin erfahren, dass Frau Reismann auf ihrer Arbeitstelle Probleme haben soll.
Beide arbeiten in der Filiale der Kreditbank Hessen/Thüringen (KBHT) in Babenhausen, Frau Reismann als Filialleiterin. Diese sei aber seit vergangenem Freitag offensichtlich beurlaubt.
Ich schlage vor, dass Oberkommissarin Forstmann nachher zur Zentrale der KBHT nach Frankfurt fährt, um zu erkunden, was an den Gerüchten um Frau Reismann dran ist. Wenn man dort mauert, müssten wir offiziell, mit einem richterlichem Beschluss und so, vorgehen. Es wäre vielleicht auch gut, wenn wir uns

mit Frau Reismann direkt unterhalten. Die Sache mit der DNA ist ja ein guter Anlass. Bei diesem Gespräch möchte ich aber gern dabei sein.

Jetzt will ich aber zuerst nach Offenbach fahren. Mal sehen, was die Vernehmung von Holger Pfandt bringt. Danach möchte ich die Mutter von Marion treffen. Frau Greiner leitet im Finanzamt Dieburg den Bereich Steuerprüfung. Vielleicht können wir auf diese Weise erfahren, wie es um die Finanzen von Edwin Brendow und der Babenhausener Wohnstätte steht. Sie, Achim", und er wandte sich an Kommissaranwärter Liebers, „bitte ich, hier den Aktenkram zu erledigen, die gestrigen Protokolle ins System einzugeben und eingehende Ergebnisse der Rechtsmedizin auszuwerten."

Kriminalrat Haase hatte aufmerksam zugehört und äußerte sich zufrieden: „Lutz, ich denke, ihr habt gute Arbeit geleistet. Mit dem weiteren Vorgehen bin ich einverstanden. Wenn wir die Recherchen in der KBHT sowie die zur Finanzlage der Wohnstätte und ihres Leiters ausweiten müssen, sollten unserer zuständigen Abteilungen einbezogen werden. Hierüber sprechen wir aber morgen früh. Die eigentlich für 9:00 Uhr geplante Zusammenkunft aller Mitarbeiter des K 10, bei der ich unseren neuen Hauptkommissar auch offiziell vorstel-

len wollte, verschieben wir auf später. Für heute wünsche ich euch viel Erfolg."
Damit verabschiedete sich der Kriminalrat.

Melanie und Lutz vereinbarten, sich sehr kurzschrittig gegenseitig zu informieren und dann gingen sie zu ihren Autos.
Waski stand als Dienstwagen ein Opel Insignia zur Verfügung und als er einsteigen wollte, kam Karlheinz Schwarz auf ihn zu: „Lutz, wenn Sie nichts dagegen haben, würde ich gern mit nach Offenbach fahren. Kommissarin Taubitz kenne ich schon lange, wir haben in der Vergangenheit in manchem Fall gut harmoniert."
„Sehr gern", Karlheinz, freute sich Waski. „Auch wenn wir dann Frau Greiner treffen, ist Ihre Anwesenheit sicher von Nutzem." Dann fuhren beide los.

17.

Dienstag; 10:00 Uhr

Die beiden Kommissare Karlheinz Schwarz und Lutz Waski waren in der Geleitstaße 124 in Offenbach angekommen und standen vor dem Polizeipräsidium. Sie meldeten sich beim Pförtner und erfuhren, dass sie von Kriminalhauptkommissarin Taubitz bereits erwartet würden. Es käme gleich jemand, um sie abzuholen. Es dauerte dann auch nur wenige Minuten, bis ein junger Mann kam, der sich als Kommissar Jörg Baumann vorstellte. Er war blond, etwa 1,70 m groß, untersetzt und – wie man so sagt – recht gut beieinander. Bekleidet war er mit einer blauen Jeans und einem bunten Hemd, über dem er eine graue Weste offen trug. Die Füße steckten in bequemen schwarzen Slippern. Kommissar Baumann sagte: „Es wurde eine Sonderkommission gebildet, die wir *Soko Pfleger* genannt haben und die von Elvira Taubitz geleitet wird. Ich gehöre dazu und habe an allen bisherigen Vernehmungen von Holger Pfandt teilgenommen. Jetzt bringe ich Sie aber erst einmal zur Chefin, da können Sie ihr Anliegen vorbringen und wir werden sicher festlegen, wie es dann weiter geht."
Die drei nahmen den Lift, stiegen in der dritten Etage aus und gingen zum Arbeitszimmer von Elvira Taubitz. Die Hauptkommissarin saß

hinter ihrem Schreibtisch, stand auf und ging den Besuchern entgegen. Frau Taubitz war etwa 50 Jahre alt, sehr schlank und mit fast 1,80 m recht groß. Ihre Haare waren kurz geschnitten und kastanienbraun gefärbt, weiße Ansätze konnte man sehen. Sie trug eine hellblaue Bluse zu einer grauen Hose. Der zugehörige Blazer hing über ihrem Stuhl.

„Hallo, Kollege Schwarz", begann sie die Begrüßung. „Ich dachte, Sie sind im Ruhestand, aber ich freue mich, Sie gesund und munter und offenbar wieder im Dienst zu sehen. Und Sie", damit wandte sie sich Lutz zu, „sind sicher der neue Hauptkommissar Waski. Wir haben ja miteinander telefoniert. Wie sind Sie denn in ihrem Fall vorangekommen?"

Karlheinz Schwarz antwortete. „Liebe Kollegin Taubitz, ich freue mich auch, Sie wieder zu sehen und seit unserem letzten Treffen, das ja schon einige Zeit her ist, sind Sie überhaupt nicht älter geworden. Aber Sie haben Recht, ich bin offiziell im Ruhestand. Allerdings war die Sache mit der vermissten Marion Greiner der letzte Fall meiner Amtszeit. Er hat mir eigentlich keine Ruhe gelassen, zumal damals die aufwändige Suche ergebnislos geblieben war und wir den Fall nicht abschließen konnten. Nun wurde ihre Leiche gefunden und ich bin sehr daran interessiert, dass die Umstände ihres Todes geklärt werden und der Täter über-

führt wird. Kriminalrat Haase, den Sie ja auch kennen, hat mein Angebot, bei der Lösung des Falles beratend mitzuwirken gern angenommen. Mit unserem jungen Kollegen hier verstehe ich mich prächtig und Lutz wird gleich schildern, wie weit wir bisher gekommen sind und was wir von Holger Pfandt wollen."
Damit ergriff Kommissar Waski das Wort und berichtete von dem Leichenfund im Abteiwald, den bisher geführten Gesprächen und den bisherigen Ergebnissen der gerichtsmedizinischen Untersuchung. Er hob hervor, dass Marion Greiner vor ihrem Tod weder körperlich misshandelt noch sexuell missbraucht wurde, aber in der achten Woche schwanger war. Er führte dann weiter aus: „Ob dies ursächlich für die Tötung des behinderten Mädchens war, wissen wir nicht. Aber selbstverständlich konzentrieren wir uns auf die Umstände, unter denen die Schwangerschaft entstanden ist, und wir wollen möglichst rasch den Vater des ungeborenen Kindes finden. Deshalb wurden 33 männliche Personen aus dem Umfeld von Marion Greiner befragt und um Speichelproben für einen DNA-Abgleich gebeten. Die Auswertungen laufen derzeit. Mit hoher Wahrscheinlichkeit wurde Marion zwischen dem 4. und 7. Oktober vorigen Jahres geschwängert, als sie sich mit ihrer Wohngruppe in einem Ferienheim am Edersee auf-

hielt. Zu dieser Wohngruppe gehörten auch der Mitarbeiter Holger Pfandt und sein Schützling Michael Reismann. Bisher haben wir von keinem der beiden die DNA.
Reismann ist am 11.11. des vorigen Jahres plötzlich verstorben und wurde eingeäschert.
Von Pfandt möchten wir auch Auskünfte über sein Verhältnis zu Marion Greiner und zu dem Verlauf des Aufenthaltes am Edersee. Aber natürlich interessiert es uns auch, was ihm vorgeworfen wird und weshalb er in Untersuchungshaft sitzt."
Kriminalhauptkommissarin Taubitz legte dann recht ausführlich folgenden Sachverhalt dar:
Holger Pfandt hatte am 1. Januar seine neue Stelle in einem Altenpflegeheim in Obertshausen angetreten.
Im vergangenen Monat gab es während seiner Nachtdienste zwei plötzliche Todesfälle. In der Nacht vom 10. zum 11. Februar verstarb eine 87-jährige, hochgradig demente Frau und am 17. Februar ein 72-jähriger, völlig bettlägeriger Mann. Im ersten Fall hatte der hinzugerufene Arzt auf dem Totenschein das Feld *natürliche Todesursache* angekreuzt und die Frau wurde in der folgenden Woche bestattet. Im zweiten Fall war der Arzt, es war ein anderer, stutzig geworden und hat eine Obduktion veranlasst. Dabei kam heraus, dass eine Überdosis Insulin, welche man dem Mann gespritzt

hatte, obwohl er kein Diabetiker war, ursächlich für seinen Tod war.
Die polizeilichen Ermittlungen führten sehr schnell zu Holger Pfandt, der bereits in der ersten Befragung zugab, das Insulin gespritzt zu haben. Er berief sich aber darauf, dass sein Patient, der auf Grund seiner fortgeschrittenen Parkinson-Erkrankung absolut bettlägerig war und daher gefüttert und gewindelt werden musste, ihn mehrfach um Erlösung gebeten habe.
Pfandt wurde festgenommen und da durchaus Fluchtgefahr bestand, ordnete der Richter Untersuchungshaft an.
Inzwischen war auch die am 15. Februar bestattete Frau exhumiert worden. Auch hier hat die Gerichtsmedizin als Todesursache eine Überdosis Insulin feststellen können.
In dem daraufhin erfolgten Verhör gestand Holger Pfandt auch diesen Mord. Eine innere Stimme habe ihm befohlen, diese Frau, die ja sowieso nichts mehr vom Leben gehabt hätte und ihren Mitmenschen nur zur Last gefallen wäre, zu erlösen.
Elvira Taubitz führte dann weiter aus: „Die letzte Aussage von Pfandt war für uns natürlich Anlass, eine psychiatrisches Gutachten in Auftrag zu geben. Ein erster Zwischenbericht des untersuchenden Psychiaters bescheinigt Pfandt volle geistige Zurechnungsfähigkeit.

Wir haben uns dann näher mit seiner Person und seinem Werdegang befasst. Holger Pfandt ist jetzt 38 Jahre alt. Er stammt aus einem kleinen fränkischen Ort unweit von Aschaffenburg. Dort hat er das Gymnasium besucht und mit einem recht guten Abitur abgeschlossen. Nach einem freiwilligen sozialen Jahr im Universitätskrankenhaus Würzburg hat er an der dortigen Universität ein Medizinstudium begonnen. Dieses hat er aber nach vier Semestern abgebrochen, weil er das Physikum nicht geschafft hatte. Nach einer kurzen Ausbildung zum Kranken- und Altenpfleger war er in einem Altenpflegeheim in Aschaffenburg tätig, bis er 2012 zur Wohnstätte für Behinderte nach Babenhausen wechselte.
Pfandt hat keine Geschwister, seine Eltern sind früh verstorben. Von ehemaligen Mitschülern und Arbeitskollegen wurde er als introvertierter Einzelgänger beschrieben. Über Freunde oder Beziehungen zu Frauen wissen wir nichts. 2011 gab es aber in seinem Tätigkeitsbereich fünf plötzliche Todesfälle. Um diese zu klären, haben wir die Sonderkommission *Pfleger* gebildet. Die Exhumierungen und gerichtsmedizinischen Untersuchungen laufen. Der Wechsel seiner Arbeitsstelle Ende 2011, der von ihm ausging, könnte mit den fünf Todesfällen im Zusammenhang stehen.

Die zwei toten Heimbewohner bei euch hatten wir noch gar nicht auf dem Schirm. Marion Greiner und Michael Reismann waren ja auch, gemessen an den anderen Opfern, sehr jung.
Unser Plan sah vor, nachher Pfandt zu den Fällen im Altenpflegeheim Aschaffenburg zu verhören. Aber vorher befragen wir ihn natürlich zu euren Fällen. Um elf soll er uns vorgeführt werden. Bis dahin ist noch Zeit für einen Kaffee, den können wir in unserer Kantine im Erdgeschoss trinken."
Beim Gespräch am Kaffeetisch waren sich die vier Kriminalisten einig, dass es sich bei Pfandt mit hoher Wahrscheinlichkeit um einen Serienmörder handeln dürfte. Was ihnen zu denken gab, war die Tatsache, dass 2011 fünf Morde in einem kurzen Zeitraum verübt worden waren und dann lange Zeit Ruhe war, bis jetzt wieder mehrere Morde kurz nacheinander folgten.
In Bezug auf Michael Reismann bedauerten sie, dass eine Exhumierung nicht möglich ist, weil es bei ihm eine Feuerbestattung gab.
Die vier plauderten noch ein wenig über allgemeine Dinge und fuhren dann zehn Minuten vor 11:00 Uhr nach oben, um sich in das Vernehmungszimmer 3.1. in der dritten Etage zu begeben.

18.

Dienstag; 11:00 Uhr

Holger Pfandt wurde von einem Oberwachtmeister in den Vernehmungsraum 3.1. des Polizeipräsidium Südosthessen geführt.
Im Nebenzimmer, von dem man durch eine große, nur einseitig durchsichtige Glasscheibe den gesamten Vernehmungsraum überblicken und über Mikrofone auch alles, was dort gesprochen wurde, hören konnte, saßen die Offenbacher Kriminalisten Elvira Taubitz, und Jörg Baumann sowie die Darmstädter Kommissare Karlheinz Schwarz und Lutz Waski.
Letzterer schaute sich den vermeintlichen Serienmörder besonders genau an. Er sah einen relativ jungen Mann, etwa 1,75 m groß, kurze blonde Haare, mit einer dunkelgrauen Stoffhose, einem ebenfalls grauen Pullover und Turnschuhen ordentlich gekleidet, der auch mit seiner Körpersprache einen durchaus sympathischen Eindruck zu vermitteln in der Lage war.
Hauptkommissarin Taubitz und ihre Kollegen Waski und Baumann betraten den Vernehmungsraum. Elvira Taubitz eröffnete das Gespräch: „Herr Pfandt, mich und Kommissar Baumann kennen Sie ja bereits. Ich möchte Ihnen hier noch Kriminalhauptkommissar Waski von der Regionalen Kriminalinspektion

Darmstadt vorstellen. Er möchte sich mit Ihnen vor allem über Ihre Zeit in der Behindertenwohnstätte Babenhausen unterhalten. Zuvor frage ich Sie aber, ob Sie nach wie vor das Hinzuziehen eines Verteidigers ablehnen? Bereits bei Ihrer ersten Vernehmung hatte ich Sie auf Ihr Recht hingewiesen, einen Verteidiger Ihrer Wahl hinzuzuziehen oder von dem Angebot Gebrauch zu machen, einen Pflichtverteidiger gestellt zu bekommen."
Pfandt schüttelte den Kopf und antwortete: „Ich verzichte vorerst auf einen Verteidiger."
„Na gut", war die Reaktion der Kommissarin. „Ich manche Sie nochmals auf Ihr Recht aufmerksam, die Aussage zu verweigern, allerdings dürfte es sich später vor Gericht vorteilhaft für Sie auswirken, wenn Sie mit uns kooperieren. Nun hat aber Kommissar Waski das Wort."
Dieser begann: „Herr Pfandt, wir haben die Leiche von Marion Greiner gefunden, das Mädchen wurde erdrosselt, wahrscheinlich im Dezember vergangenen Jahres. Haben Sie etwas mit der Tötung von Marion zu tun?
Holger Pfandt zeigte sich von der Tatsache, dass Marion Greiner bewusst getötet worden war, nicht sonderlich überrascht und sagte: „Nachdem die aufwändige Suche nach Marion, an der ich auch beteiligt war, kein Ergebnis brachte, musste man wohl davon ausgehen,

dass sie tot ist. Ich habe bei einigen Menschen aktive Sterbehilfe geleistet, aber Marion Greiner habe ich garantiert nicht getötet."
Bei dieser Aussage blieb Pfandt unbeirrt.

Lutz Waski setzte die Vernehmung fort: „Herr Pfandt, bei der Obduktion wurde festgestellt, dass Marion schwanger war.
Sind Sie vielleicht der Vater?"
An dieser Stelle reagierte der Beschuldigte emotional und empört: „Hören Sie, ich würde mich nie an einem mir anvertrauten behinderten Mädchen vergreifen. Der Gedanke, dass ich etwas mit der Schwangerschaft von Marion zu tun haben könnte, ist absolut irrig."
Waski fragte weiter:„Dann haben Sie sicher auch keine Einwände, dass wir Ihre DNA zu einem Vergleich heranziehen. Können Sie uns denn etwas dazu sagen, wie es zu der Schwangerschaft gekommen sein könnte?"
Holger Pfandt antwortete: "Natürlich bin ich mit einem DNA-Vergleich einverstanden, Sie werden ihn ja sowie machen. Aber Sie werden sehen, mit der Schwangerschaft von Marion habe ich absolut nichts zu tun. Ich könnte mir aber denken, wie es dazu gekommen ist.
Voriges Jahr war unsere Wohngruppe Anfang Oktober, ich glaube von Donnerstag bis Sonntag, wieder einmal im Ferienheim am Edersee. Wie üblich hat da jeweils ein Mitarbeiter bzw. eine Mitarbeiterin zusammen mit

einem unserer Bewohner in einem Doppelzimmer übernachtet. Marion hatte mit Manuela Paulsdorf das Zimmer 7, ich war zusammen mit Michael Reismann im Zimmer 6. einquartiert.

Nach dem Abendessen wurden unsere Schützlinge zu Bett gebracht. Ich sollte vielleicht erwähnen, dass allen von ihren Ärzten relativ starke Beruhigungsmittel verordnet worden waren, deren Einnahme wir natürlich genau überwachten. Die älteren Jungen erhielten außerdem Medikamente zur Dämpfung des Sexualtriebes. Durch die Medikamente schliefen unsere Schützlinge recht schnell ein.

Danach saßen wir Mitarbeiter und die mitgereisten Eltern immer noch im Klubraum zusammen.

Am Freitag, als wir dann alle schlafen gehen wollten, beschlossen Manuela und ich, die kommende Nacht wieder einmal miteinander zu verbringen. Dazu brachten wir den tief schlafenden Michael ins Zimmer 7 und legten ihn in Manuelas Bett, wo er friedlich weiter schlief. Manuela kam dann mit in mein Bett, aber geschlafen haben wir nicht sehr viel.

Als wir dann gegen morgen den Tausch rückgängig machen wollten und in das Zimmer 7 gingen, mussten wir feststellen, das Marion und Michael fest umschlungen in einem Bett lagen. Normalerweise haben die beiden jede

Nacht fest durchgeschlafen, diesmal offensichtlich nicht. Sie haben wohl das ausprobiert, was sie vom Fernsehen her reichlich kannten. Ich denke daher, dass Michael Reismann der Vater ist, bezweifele aber, dass er von der Schwangerschaft gewusst hat. Marion selbst wohl auch nicht. Übrigens suchte Michael in den folgenden Tagen stets den körperlichen Kontakt zu Marion und es war nicht immer leicht, ihn auf den nötigen Abstand zu halten."

Hier schaltete sich Kommissarin Taubitz ein: „Herr Pfandt, wir wissen, dass Michael Reismann am 11. November vergangenen Jahres ganz plötzlich verstorben ist, hatten Sie dabei auch Ihre Hände im Spiel?"

Pfandt antwortet ganz schlicht: Ja!"

Nach einer Pause, in der niemand ein Wort sagte, redete er weiter: „Es wurde immer schwieriger, Michael davon abzuhalten, sich Marion körperlich zu nähern. Trotz aller Medikamnete wurde er immer aggressiver. In der Nacht vom 10. zum 11. November sagte mir dann eine innere Stimme: *Michael muss bestraft werden und er muss lange und tief schlafen, am besten für immer*. Dann habe ich ihm am nächsten Abend Insulin gespritzt."

Ob dieses so lapidar vorgetragenen Geständnisses waren Taubitz, Waski und Baumann, aber auch die im Nebenraum anwesenden Polizisten, die zusammen mit Kriminalrat Karlheinz Schwarz das Verhör verfolgt hatten, ziemlich betroffen.

Hauptkommissarin Taubitz ergriff schließlich das Wort: „Herr Pfandt, ich finde es gut, dass sie reinen Tisch gemacht haben. Unsere Gespräche wurden, wie Sie wissen, mit Bild und Ton aufgenommen. Ein Protokoll werden wir Ihnen nachher zur Unterschrift vorlegen. Jetzt machen wir aber erst einmal Mittagspause. Man wird Ihnen Essen und Trinken bringen, um 13:30 Uhr setzen wir unsere Unterhaltung fort.

Die drei Kommissare verließen den Vernehmungsraum und begaben sich, zusammen mit Karlheinz Schwarz, in das Dienstzimmer von Elvira Taubitz. Alle setzten sich um einen kleinen runden Tisch und Lutz Waski sagte: „Wir bedanken uns bei Ihnen, Frau Hauptkommissarin Taubitz. Ich denke, die Sache mit der Schwangerschaft von Marion Greiner ist geklärt, Michael Reismann ist der Vater. Wenn wir die DNA seiner Mutter zum Vergleich herangezogen haben, dürften letzte Zweifel ausgeräumt sein. Dass der Tod von Michael Reismann auch auf die Kappe von Pfandt geht, überrascht mich, weil uns das Verhältnis Pfandt/Reismann immer als sehr gut beschrie-

ben wurde. Frau Reismann wird diese Nachricht besonders hart treffen.
Im Hinblick auf den Tod von Marion Greiner sind wir allerdings noch keinen Schritt weiter. Ich fühle mich aber in meiner Meinung bestätigt, dass er nichts mit der Schwangerschaft zu tun hat. Übrigens werden wir mit Frau Paulsdorf noch ein Wörtchen zu reden haben. Wenn sie den Mund früher aufgemacht hätte, wären 33 DNA-Analysen nicht nötig gewesen.
Karlheinz und ich werden uns jetzt verabschieden. Für die weiteren Vernehmungen des Holger Pfandt wünschen wir Ihnen viel Erfolg. Ich denke, Sie werden ihm auch die Morde im Altenpflegeheim Aschaffenburg nachweisen können. Sicher halten Sie uns auf den Laufenden."
Das wurde von den Offenbacher Kollegen natürlich zugesagt, genauso, wie man darum bat, über die weitere Entwicklung im Fall Greiner informiert zu werden. Nach einer kurzen Verabschiedung gingen Schwarz und Waski zu ihrem Auto.

19.

Dienstag; 14:00 Uhr

Die Kommissare Schwarz und Waski waren auf dem Weg zu ihrem Auto und überlegten, wie sie es mit dem Mittagessen halten wollten.
„Karlheinz", begann Lutz Waski, „ich hätte da eine Idee. Ich rufe jetzt zuhause an. Steffi kann uns sicher eine Kleinigkeit zubereiten und ich könnte unseren Tobias auch mal bei Tageslicht sehen."
Da sein Kollege einverstanden war, griff er zum Handy und redete ein Weilchen. Danach informierte er Karlheinz Schwarz: „Steffi und meine Schwiegereltern freuen sich, wenn wir kommen. Schwiegermutter hatte heute Pichelsteiner Eintopf gekocht und für mich eine Portion aufgehoben. Steffi meinte, das reiche locker für zwei. Also auf nach Eppertshausen. Nach dem Essen sollten wir nach Babenhausen fahren und uns von Frau Paulsdorf die Aussagen von Pfandt zu der fraglichen Nacht am Edersee bestätigen lassen. Danach fahren wir dann zum Finanzamt nach Dieburg. Für den späten Nachmittag sind wir dort mit Frau Greiner verabredet."

Es war dann etwa zwanzig Minuten später, als die beiden in Eppertshausen vor dem Haus der Brenners hielten. Steffi hatte das Auto schon kommen gehört, öffnete die Haustür, umarmte

ihren Mann und begrüßte Kommissar Schwarz mit den Worten; „Schön, Sie wieder hier zu sehen, das Essen steht schon auf dem Tisch und Tobias ist gerade wach geworden, er will sicher nochmals mit essen. Obwohl er noch gestillt wird, sitzt er auch gern mit am Tisch."
Die beiden Männer gingen ins Haus. Im Flur kam ihnen Lilo Brenner entgegen, sie hatte ihren Enkel auf den Arm, der seine kleinen Ärmchen nach Lutz ausstreckte und Papa rief. Dieser nahm ihn dann in seine Arme, herzte ihn und warf ihn in die Luft, fing ihn wieder und gab ihm einen Kuss. Der Kleine jauchzte vor Vergnügen. Also wiederholte Lutz das Spielchen noch einige Male. Dann gingen alle ins Wohnzimmer und wurden von Steffis Vater begrüßt. Der Esstisch war gedeckt und Lilo brachte zwei gefüllte Teller und wünschte guten Appetit. Werner Brenner fragte, ob ein Gläschen Bier zum Essen genehm sei. Das wurde bejaht und die drei Männer prosteten sich zu. Steffi hatte inzwischen das Kinderstühlchen von Tobias geholt und ihn hineingesetzt. Sie brachte ein Tellerchen mit Brei und erklärte, dass das der gleiche Einstopf sei, nur habe sie ihn püriert. Es war dann ein köstliches Bild, wie Lutz abwechselnd einen Löffel Eintopf zu sich nahm und danach seinen Sohn mit einem kleinen Löffel fütterte. Steffi lachte, holte ihr Smartfon und machte einige Bilder.

Nachdem die Männer gegessen hatten, bedankte sich Karlheinz Schwarz und meinte, dass er lange keinen so guten Pichelsteiner gegessen habe. Werner Brenner sagte dann: „Ihr habt doch sicher noch ein paar Minuten Zeit für einen Kaffee. Wir sind auch alle neugierig, wie weit ihr mit den Ermittlungen seit." Seine Frau fragte: „Kaffee, Espresso oder Cappuccino? Unsere Maschine kann das alles." Alle entschieden sich für Cappuccino und Lilo verschwand mit dem Geschirr in der Küche, um nach wenigen Minuten mit zwei Tassen des gewünschten Getränks wieder zu kommen. „Die anderen Tassen kommen auch gleich, unsere Maschine kann immer nur zwei gleichzeitig", erklärte sie.

Alle saßen dann um den Couchtisch und Kriminalrat Schwarz berichtete von den Ergebnissen der Vernehmung des Holger Pfandt. Steffi und ihre Eltern zeigten sich erschüttert, ob der Tatsache, dass es auch in ihrer Umgebung einen Fall gab, wo sich ein Mensch, der für Schutz und Behütung des Lebens der ihm Anvertrauten ausgebildet und eingestellt wurde, als Massenmörder entpuppte. Lilo meinte schließlich auch: „Wenn Pfandt und Frau Paulsdorf ihre Pflicht nicht verletzt hätten, wäre Marion Greiner nicht schwanger geworden und wahrscheinlich würde auch

Michael Reismann noch leben." Dem hatten die Kriminalisten nichts hinzuzufügen.

Dann ergriff Werner Brenner das Wort: „Ich will mich ja in eure Arbeit nicht einmischen, denke aber, ihr solltet euch einmal mit Edwin Brendow näher befassen." Als Waski und Schwarz sich verwundert anschauten, fuhr er fort: „Ich war heute früh bei REWE einkaufen und habe dort einen ehemaligen Kollegen, der auch im Ruhestand ist und in Babenhausen wohnt, getroffen. Da wir uns lange nicht gesehen hatten, haben wir uns in der Kaffeeecke niedergelassen und ein bisschen geschwätzt. Dabei erwähnte mein Kollege, dass er vorgestern vor einigen Wochen mit seinem Besuch in der Spielbank Wiesbaden gewesen sei. Dort habe er Edwin Brendow getroffen und sich gewundert, mit welch hohen Einsätzen dieser gespielt habe. Das Zusammentreffen sei diesem offensichtlich auch unangenehm gewesen. Er würde Brendow kennen, weil sein Sohn das Down-Syndrom hat und tagsüber in der Wohnstätte Babenhausen ist."

Lutz bedankte sich und sagte, dass seine Kollegen Edwin Brendow gestern Abend in einer illegalen Spielhölle angetroffen haben. In der Vernehmung habe dieser seine Spielsucht offen eingestanden, aber erklärt, dass er sich einer Therapie unterziehen wolle.

Dann nahm Lutz das Telefon und rief im Pflegheim Babenhausen an. Er erfuhr, dass Manuela Paulsdorf frei hatte und wahrscheinlich zuhause sei. Adresse und Telefonnummer hat man ihm gegeben. Frau Paulsdorf wohnte im übernächsten Ort, in Sickenhofen, das auch nach Babenhausen eingemeindete worden war. Ein Anruf dort ergab, dass sie zuhause war. Kommissar Waski kündigte seinen Besuch an.

Kurz nach 15:00 Uhr waren Schwarz und Waski vor dem Haus, in dem die Betreuerin von Marion Greiner wohnte. Sie klingelten und wurden herein gebeten.
Lutz Waski begann das Gespräch: „Frau Pauslsdorf, wir kommen gerade von der Vernehmung des Holger Pfandt. Er hat uns interessante Details zum Verlauf der Nacht vom 5. zum 6. Oktober des vergangenen Jahres im Ferienheim am Edersee genannt. Wir hätten gern ihre Version gehört."
Zögerlich, mühsam die Tränen zurückhaltend, schilderte Frau Paulsdorf die Ereignisse genau so, wie es Holger Pfandt getan hatte. Sie hätte sich schon die ganze Zeit große Vorwürfe gemacht, habe das Ganze aber verdrängt. Alles sei aber wieder hoch gekommen, als sie von Marions Schwangerschaft erfahren habe. Ihr sei eigentlich sofort klar gewesen, dass es dazu in jener Nacht gekommen sein musste. Sie habe sich aber geschämt und auch Angst

gehabt, dass sie wegen ihrer Pflichtverletzung mit Konsequenzen hätte rechnen müssen. Deshalb habe sie bis jetzt geschwiegen.

Kommissar Waski hielt ihr vor: „Wenn Sie früher mit der Sprache rausgerückt wären, hätten wir uns eine Vielzahl von DNA-Analysen und eine Menge Kosten sparen können. Ihre Pflichtverletzung hat dazu geführt, dass Marion schwanger wurde und wahrscheinlich auch dazu, das Michael Reismann von Holger Pfandt umgebracht wurde."

Hier schrie Manuela auf: „Das ist nicht wahr! Ich liebe Holger, er ist sehr ein einfühlsamer Mensch und ich glaube nicht, dass er jemand hat umbringen können. Erst recht nicht seinen Schützling Michael. Es ist richtig, dass Michael nach der bewussten Nacht sehr verändert war und wir viel Mühe mit ihm hatten, aber deswegen hat ihn Holger doch nicht umgebracht."

Kriminalrat Schwarz schaltete sich ein: „Frau Paulsdorf, Sie machen sich Illusionen, Ihr Freund hat den Mord an Michael Reismann gestanden, zwei weitere in seiner neuen Arbeitsstelle auch. In fünf weiteren unklaren Todesfällen in seiner früheren Arbeitsstelle wird noch ermittelt. Sie sollten wissen: Holger Pfandt ist ein Massenmörder, dem glücklicherweise jetzt das Handwerk gelegt werden konnte."

Manuela Paulsdorf war einem Zusammenbruch nahe. Ihr schossen die Tränen aus den Augen und sie rief verzweifelt: „Das alles kann ich gar nicht glauben. So kann man sich doch nicht in einem Menschen täuschen."
Behutsam sprach Lutz Waski auf sie ein: „Frau Paulsdorf, was mein Kollege eben gesagt hat, ist leider absolut wahr. Holger Pfandt hat viele Morde begangen und bisher drei gestanden. Ich weiß, es ist schwer für Sie, aber mit dieser Tatsache müssen Sie sich abfinden. Außerdem rate ich Ihnen dringend, die Wohnstättenleitung über die Vorgänge in jener Nacht am Edersee zu informieren. Es ist besser, Ihre Vorgesetzten erfahren es von Ihnen selbst, als von uns."
Manuela Paulsdorf nickte, verabschiedete ihre Besucher und begleite sie zur Tür.
Karlheinz Schwarz und Lutz Waski machten sich auf den Weg zum Finanzamt Dieburg.

20.

Dienstag; 16:00 Uhr

Lutz Waski parkte seinen Dienst-Pkw, einen Opel Insignia, in der Marienstraße vor dem Finanzamt Dieburg. Er und sein Kollege Karlheinz Schwarz stiegen aus und begaben sich in die erste Etage des ehrwürdigen Gebäudes. Vor dem Zimmer 104 angekommen, sahen sie das Türschild auf dem stand: *Abteilung Steuprüfung. Leiterin: Amtsfrau Eveline Greiner, Sekretariat: Astrid Meifeld*. Lutz klopfte und die beiden Männer traten ein. Eine hübsche junge Frau, Ende 20, schlank, dunkelblond, dezent geschminkt und adrett gekleidet, erhob sich und fragte: „Was kann ich für Sie tun?" Kommissar Waski zeigte seinen Dienstausweis und antwortete: „Wir kommen von der Kriminalinspektion Darmstadt und sind mit Frau Greiner verabredet." Die Sekretärin griff zum Telefon und sagte: „Hallo Frau Greiner, hier sind zwei Polizisten, die wollen zu Ihnen."
Aus der Tür zum Nebenzimmer kam Frau Greiner, ging auf die beiden Männer zu und begrüßte sie: Hallo Herr Schwarz, hallo Herr Waski, ich habe Sie schon erwartet, bitte kommen Sie herein". Wobei sie einladend auf ihr Zimmer wies. Dieses war relativ geräumig und bot Platz für einen Schreibtisch, einige mit Aktenordnern gefüllten Regale und einem

länglichen Beratungstisch, um den acht Stühle standen. Einige Grünpflanzen sowie Bilder vom alten Dieburg sorgen für eine angenehme Atmosphäre. Die Männer nahmen Platz, Schwarz an einer Stirnseite des Beratungstisches, Waski rechts von ihm an der Schmalseite und Frau Greiner diesem gegenüber.
Sie fragte: „Kann ich Ihnen jetzt etwas anbieten, nachdem ich das ja neulich bei mir völlig vergessen hatte?"
„Ein Kaffee wäre gut", antwortete Karlheinz Schwarz.
„Astrid, bringen Sie uns bitte eine Kanne Kaffee und drei Tassen", wurde die Sekretärin von ihrer Chefin beauftragt. Diese sah dann die beiden Kriminalisten erwartungsvoll an.
Hauptkommissar Waski ergriff das Wort: „Frau Greiner, wir sind zwar mit unseren Ermittlungen einen guten Schritt weiter, wer für den Tod Ihrer Tochter verantwortlich ist, wissen wir aber noch nicht. Hier bauen wir auf ihre Unterstützung. Wir wissen aber mit ziemlicher Sicherheit, wie es zu der Schwangerschaft von Marion gekommen ist." Dann berichtete Lutz, was sie über das Geschehen am Edersee in der Nacht vom 5. zum 6. Oktober herausgefunden hatten. Er schlussfolgerte, dass als Vater des ungeborenen Kindes mit größter Wahrscheinlichkeit Michael Reismann

infrage kommt und dass dieser von Holger Pfandt ermordet wurde.

Waski führte weiter aus, dass Pfandt diesen sowie zwei in einem Altenheim verübte Morde gestanden habe und dass ihm weiterer Morde vorgeworfen würden.

Der Kommissar schloss: „Die Sache mit Marions Schwangerschaft scheint geklärt, aber ich glaube nicht, dass hier der Grund für ihre Tötung liegt. Wir interessieren uns deshalb für alles, was in der Wohnstätte vor sich gegangen ist. Insbesondere möchten wir erfahren, wie es um die Finanzen des Heimes und um die der verantwortlichen Personen steht. Ich denke, hier können Sie uns helfen."

Eveline Greiner, die schon fassungslos den Kopf geschüttelt hatte, als Waski auf die von Pfandt verübten Morde zu sprechen kam, antwortete: „Dass Holger Pfandt ein Massenmörder sein soll, ist ja ungeheuerlich. Ich kenne ihn natürlich. Manchmal hat er sich auch um Marion gekümmert und ich fand ihn sehr nett und als Betreuer absolut kompetent. Also, Ihre Nachricht muss ich erst verdauen.

Zu Ihrer Bitte: Ich habe mir die Steuerakten der Behindertenwohnstätte Babenhausen und auch die von Edwin Berndow und seiner Stellvertreterin Henriette Tarnow kommen lassen. Ich muss Ihnen aber sagen, dass ich ohne einen richterlichen Beschluss hieraus keinerlei detaillierte Auskünfte geben darf.

Ohne das Steuergeheimnis zu verletzen, kann ich aber einige allgemeine Dinge darlegen.

Die *Wohngemeinschaft Leben lernen Babenhausen* gehört zu der STIFTUNG LEBENSWERTES LEBEN, ist aber weitgehend selbständig. Sie hat den Status der Gemeinnützigkeit. Steuerlich sind vier Bereiche zu unterscheiden, die auch in der Gewinn- und Verlustrechung gesondert aufgeführt werden müssen. Es sind dies der *Ideelle Bereich*, der *Zweckbetrieb*, die *Vermögensverwaltung* und der *Wirtschaftliche Geschäftsbetrieb*.

Die erforderlichen Steuererklärungen der letzten Jahre liegen vor und geben keinerlei Grund zu Beanstandungen. Zum Ende des vergangenen Jahres wurde die Wohnstätte auch von Vertretern der Stiftung geprüft, die auch alles für in Ordnung befanden. Dabei wurden auch die Konten der 28 Bewohner einbezogen, die am 31. Dezember in den drei Wohngruppen des Bereiches 1 lebten. Auf diese Konten kommen die monatlichen Zahlungseingänge vom Sozialamt. Die Gelder können für die Bedürfnisse der Bewohner verwendet werden, ich habe z.B. für Marion als Letztes einen Flachbildfernseher gekauft. Verfügungsberechtigt sind die Wohnstättenleitung und der jeweilige Vormund, der vom Vormundschaftsgericht bestellt wurde. In der Regel ist das ein Elternteil, ich war Vormund für Marion. Das Gericht übt aber eine Kontrollfunktion aus. Zusätzlich bestimmt der Heimbeirat einen Kassenprüfer. Dessen Bericht gehört auch zu den Akten, die uns vorliegen. In den letzten Jahren war Frau Annegret Reismann die Prüferin. Sie musste aber zum Jahresende diese Funktion abgeben, weil sie durch den Tod ihres Sohnes niemand mehr in der Wohnstätte hatte. Ich wollte und sollte diese Funktion übernehmen, was aber durch Marions Tod hinfällig geworden war.

Der Saldo des einzelnen Kontos liegt im Allgemeinen nicht über zweitausend Euro. Als von Beirat bestellte Prüferin wollte ich mir diese Konten einmal genauer ansehen. Im vergangenen August hatte ich nämlich festgestellt, dass von Marions Konto 1.000 Euro ohne Grund abgebucht worden waren. Als ich bei der Bank nachfragte, kam eine Entschuldigung für die Fehlbuchung und am nächsten Tag war das Geld wieder da. Alle Konten werden übrigens bei der Babenhausener Filiale der KBHT (Kreditbank Hessen/Thüringen) geführt. Dort ist Frau Reismann die Leiterin. Dass sie auch gleichzeitig Rechnungsprüferin war, hat mir eigentlich nicht gefallen. Ich muss aber sagen, dass die Kontoauszüge zum Jahresabschluss alle in Ordnung waren.

Ein letztes Wort noch zu den Steuererklärungen des Heimleiters und seiner Stellvertreterin, auch hier gab es keine Auffälligkeiten."
Hauptkommissar Waski bedankte sich und schloss mit den Worten: „Frau Greiner, ich muss sagen, dass ich eigentlich etwas mehr erhofft hatte. Inzwischen – und das sage ich jetzt ganz vertraulich – wissen wir nämlich, auch von Edwin Brendow selbst, dass er spielsüchtig ist. In den Spielbanken Bad Homburg und Wiesbaden sowie in einem illegalen Klub in Darmstadt war er Stammkunde und da soll es um hohe Summen gegangen sein. Na, dazu werden wir ihn noch genauer befragen. Übrigens haben wir auch Frau Reismann im Visier. Uns ist zu Ohren gekommen, dass sie Probleme in ihrer Arbeitsstelle haben soll. Meine Kollegin ist gerade bei der Zentrale der KBHT um zu klären, ob an der Sache etwas dran ist.
Wenn Ihnen dazu oder auch sonst noch etwas einfallen sollte, wissen Sie ja, wie Sie uns erreichen können. Wir werden jetzt ins Präsidium fahren und hören, was meine Kollegin über ihr Gespräch bei der Bankzentrale zu berichten hat, und vielen Dank auch für den Kaffee, der war wirklich gut."
Damit verließen die beiden Männer das Finanzamt und fuhren nach Darmstadt.

21.

Dienstag; 18:00 Uhr

Im Kommissariat K 10 der Regionalen Kriminalinspektion Darmstadt (RKI), und zwar im Dienstzimmer der MUK, saßen um einen kleinen runden Tisch 4 Personen. Dies waren Kriminalrat i.R. Karlheinz Schwarz, Kriminalhauptkommissar Lutz Waski, Kriminaloberkommissarin Melanie Forstmann und Kriminalkommissaranwärter Achim Liebers.
Zunächst erzählte Lutz Waski ausführlich von der Vernehmung des Holger Pfandt und von dem Gespräch im Finanzamt. Dann wollte er von seiner Kollegin wissen, wie es in der Frankfurter Zentrale der KBHT gelaufen war.

Melanie Forstmann berichtete: „Achim und ich hatten uns ja angemeldet und waren pünktlich 14:00 Uhr vor Ort. Der Pförtner wusste Bescheid und eine junge Dame geleitete uns in den 20. Stock zum Vorzimmer des Leiters der Innenrevision, Dr. Clemens Hauser. Seine Sekretärin empfing uns freundlich, meinte aber, dass ihr Chef noch in einer Besprechung sei und bat uns, einstweilen an einem kleinen Tisch vor der Fensterfront Platz zu nehmen. Sie bot uns Kaffee an, den wir annahmen, und versuchte in einem Gespräch Näheres über den Grund unseres Besuches zu erfahren. Natürlich ohne Erfolg.

Nach etwa 20 Minuten, in denen wir uns Frankfurt von oben ansehen konnten, kam ein etwa 50-jähriger, ca. 1,80 m großer, schlanker, von der Kleidung leicht als Banker erkennbarer Mann in den Raum, begrüßte uns und stellte sich als Dr. Hauser vor. Er bat uns in sein Arbeitszimmer und setzte sich mit uns an einem dort befindlichen Beratungstisch, ließ sich meinen Dienstausweis zeigen und fragte, wie er uns behilflich sein könne.

Ich erklärte, dass wir von der RKI Darmstadt kämen und im Hinblick auf ein tot aufgefundenes Mädchen aus der Wohnstätte *Leben lernen in Babenhausen* ermitteln würden. Bei diesen Ermittlungen sei Frau Elvira Reismann in dem Fokus geraten, nicht zuletzt, weil sie ein Verhältnis mit dem Leiter dieses Heimes hätte. Wir hätten auch erfahren, dass Frau Reismann beurlaubt sei und dazu möchten wir Näheres erfahren.

Dr. Hauser bestätigte die Beurlaubung von Frau Reismann, meinte aber in durchaus freundlichem Ton, dass es sich um eine bankinterne Angelegenheit handeln würde und er ohne einen richterlichen Beschluss leider keine Auskünfte geben könne.

Darauf erwiderte ich nicht ganz so freundlich: „Herr Dr. Hauser, wir sind von der Mordkommission und nicht zu unserem Vergnügen hier. Wir verfügen über hinreichend viele

Hinweise, die jeden Richter veranlassen, uns den von Ihnen gewünschten Beschluss zu geben. Außerdem drängt uns schon die Presse und möchte nähere Informationen haben. Wenn Sie nicht kooperieren, sehen wir uns gezwungen, an die Öffentlichkeit zu gehen."
Daraufhin knickte der Leiter der Innenrevision ein und bot uns an, alle seine Informationen mit uns zu teilen, wenn wir die Presse außen vor lassen würden. Das konnte ich natürlich nicht zusagen, wohl aber, dass wir soweit wie möglich Diskretion wahren würden.
Dr. Hauser führte dann folgendes aus:
„Bei einer routinemäßigen Prüfung Mitte Januar wurde beanstandet, das Frau Reismann im November des Vorjahres zwei Kredite in Höhe von 50.000 Euro und 20.000 Euro ohne hinreichende Sicherheiten bar ausgezahlt hatte. Den ersten an die Wohnstätte *Leben lernen in Babenhausen*, den zweiten an den Leiter dieser Einrichtung, Herrn Edwin Brendow. Eine daraufhin erfolgte genauere Überprüfung aller Vorgänge in der von Frau Reismann geleiteten Filiale brachte dann einige Merkwürdigkeiten ans Licht.
Von 23 Konten, die die behinderten Bewohner der Heimstätte bei der KBHT unterhalten, waren Ende November in 22 Fällen jeweils 1.500 Euro in bar abgehoben worden. Zum Monatsende hat Frau Reismann aber Salden-

bestätigungen herausgegeben, in denen diese Abbuchungen nicht auftauchten. Dazu hat sie am 30. November auf dem ersten Konto 1.500 Euro eingezahlt, dann die Saldenbestätigung ausgedruckt. Danach hat sie diese Summe auf das zweite Konto umgebucht und von diesem den Endsaldo ausgedruckt. Dann wurden die 1.500 Euro auf das nächste Konto umgebucht und wieder die Saldenbestätigung gedruckt. Das Ganze vollzog sie für alle Konten. Somit war letztlich nur ein Konto korrekt, das von Marion Greiner. In 22 Fällen fehlte somit gegenüber der jeweils herausgegebenen Saldenbestätigung ein Betrag von 1.500 Euro.
Also gab es ein Manko von insgesamt 33.000 Euro. Wir sind zwar nicht die Deutsche Bank, aber auch für uns sind Summen in dieser Höhe natürlich nur Peanuts. Allerdings können wir solche Machenschaften selbstverständlich nicht dulden. Deshalb werden wir Frau Reismann fristlos kündigen, obwohl das genannte Manko bereits Anfang Dezember ausgeglichen war.
Ob wir Strafanzeige stellen, ist noch nicht entschieden. Im Vorstand war man mehrheitlich eigentlich der Meinung, davon abzusehen, weil Frau Reismann bisher sehr gute Arbeit geleistet hatte und vielleicht durch den plötzlichen Tod ihres Sohnes aus der Bahn geworfen wurde."

Kommissarin Forstmann beendete ihren Bericht mit der Feststellung, dass Achim fleißig mitgeschrieben und Dr. Hauser zugesagt habe, das Ganze noch schriftlich zu übergeben.

Lutz dankte seiner Mitstreiterin und lobte sie besonders dafür, dass sie sich nicht gleich ins Bockshorn habe jagen lassen. „Ich denke", fuhr er fort, „wir lassen Frau Reismann morgen früh hier ins Präsidium bringen. Ich könnte ja auch auf meiner Herfahrt morgen früh Frau Reismann mitbringen, halte es aber für eindrucksvoller, wenn sie von einer Funkstreife abgeholt wird. Wir machen hier für heute Schluss. Ich gehe noch zum Chef, um ihn über den aktuellen Stand der Dinge zu informieren und grünes Licht für das weitere Vorgehen einzuholen."

Lutz, und Karlheinz Schwarz, der ihn begleiten wollte, gingen dann noch zu Kriminalrat Haase. Der war mit den bisherigen Resultaten zufrieden und sagte zum Abschied: „Ich bin gespannt, was das Gespräch mit Frau Reismann morgen bringen wird."

22.

Mittwoch; 8:30 Uhr

Im Vernehmungsraum des Kommissariates K 10 der Regionalen Kriminalinspektion Darmstadt (RKI) waren Kriminalhauptkommissar Lutz Waski und seine Kollegin Kriminaloberkommissarin Manuela Forstmann anwesend. Ein Beamter der Schutzpolizei führte Frau Elvira Reismann herein, die er zusammen mit einem Kollegen in ihrer Wohnung in Babenhausen abgeholt hatte.
Kommissar Waski begrüßte sie: „Guten Morgen, Frau Reismann. Meine Kollegin Forstmann und mich kennen Sie ja bereits. Wir haben einige Fragen an Sie und benötigen vor allem eine Speichelprobe von Ihnen für einen DNA-Abgleich. Sie sind doch einverstanden?"
Die so Angesprochene nickte und sagte dann: „Natürlich bin ich einverstanden, ich möchte aber auch ein Geständnis machen. Edwin hat Marion Greiner umgebracht und ich habe ihm geholfen, ihre Leiche im Abteiwald zu vergraben." Dann schlug sie die Hände vor ihr Gesicht und weinte hemmungslos.
Waski antwortete: „Das müssen Sie uns alles genauer erzählen, aber beruhigen Sie sich erst einmal und trinken einen Schluck."
Auf dem Tisch standen eine Flasche Wasser und mehrere Gläser. Melanie Forstmann goss

eines davon voll und stellte es vor Frau Reismann ab.

Lutz war inzwischen in den Nebenraum gegangen, von wo aus Kommissaranwärter Achim Liebers das Ganze beobachtet hatte. Er beauftragte diesen: „Achim, Sie fahren jetzt sofort mit zwei Kollegen der Schutzpolizei zur Wohnstätte nach Babenhausen und nehmen Edwin Brendow vorläufig fest. Sicherheitshalber versiegeln Sie auch sein Büro und seine Wohnung."

Liebers ging los und Waski begab sich zurück in das Vernehmungszimmer.

Als er ins Zimmer kam, war die Kommissarin gerade dabei, Frau Reismann über ihre Rechte zu belehren. Diese erklärte: „Ich möchte umfassend aussagen und mein Gewissen, das mich schon nächtelang nicht hat schlafen lassen, erleichtern. Einen Anwalt brauche ich nicht."

Kommissar Waski fragte zurück: „Den Verzicht auf einen Anwalt haben Sie sich gut überlegt?"

„Ja", lautete die kurze Antwort.

Eine Kollegin der Spusi hatte inzwischen den Raum betreten.

„Dann werden wir Sie jetzt erkennungsdienstlich behandeln lassen", erklärte Lutz Waski.

„Danach werden wir uns hier in aller Ruhe unterhalten.

Bitte gehen Sie jetzt mit der Kollegin zum Erkennungsdienst, Frau Forstmann wird Sie begleiten und nach der Prozedur wieder mit hierher bringen."

Die Drei gingen los und Waski meinte zu seiner Kollegin: „Melanie, ich will mal sehen, ob der Chef da ist und ihn informieren."
Er ging zum Büro des Kriminalrates Haase, klopfte an, betrat das Vorzimmer und fragte die Sekretärin: „Hallo, Frau Schreiber, ist der Chef da?" Diese nickte und durch die offen stehende Tür fragte der Kriminalrat: „Hallo Lutz, was gibt es? Kommen Sie rein".
Lutz Waski antwortete: „Chef, ich glaube wir haben einen Durchbruch erzielt. Frau Reismann, die gerade eben von zuhause geholt wurde, hat Edwin Berndow beschuldigt, Marion Greiner getötet zu haben. Sie selbst habe bei der Beseitigung der Leiche geholfen. Frau Reismann wird soeben erkennungsdienstlich behandelt und dann wollen wir mit einer ausführlichen Vernehmung beginnen. Zu Brendow ist Achim Liebers mit zwei Schutzpolizisten unterwegs, um ihn vorläufig festzunehmen. Möchten Sie bei der Vernehmung von Frau Reismann dabei sein?"
Torsten Haase antwortete: „ Also Lutz, da gratuliere ich Ihnen, die MUK hat gute Arbeit geleistet. Nachdem die Sache mit der Schwangerschaft des Mädchens geklärt ist, haben wir

nun wohl auch den oder die Verantwortlichen für ihren Tod. Ich denke, der Fall kann in Kürze abgeschlossen werden.
Die Vernehmung von Frau Reismann führen Sie zusammen mit Frau Forstmann durch. Bitte informieren Sie mich nachher kurz über das Ergebnis."

Kommissar Lutz Waski ging zurück zum Vernehmungszimmer und es dauerte auch nicht lange, bis Elvira Reismann und Melanie Forstmann zurückkamen. Beide nahmen am Tisch einander gegenüber Platz. Ein Mikrofon war aufgebaut. Lutz setzte sich neben seine Kollegin, schaltete die Aufnahme ein und begann die Vernehmung: „Frau Reismann, ich möchte Sie zunächst darauf hinweisen, dass alles, was wir hier sprechen, in Bild und Ton aufgezeichnet wird. Sie haben vorhin ihren Freund beschuldigt, Marion Greiner getötet zu haben und angegeben, beim Beseitigen der Leiche geholfen zu haben.
Bevor wir Sie bitten, uns das Ganze genau zu schildern, möchte ich Sie noch über zwei Dinge informieren, die Ihren verstorbenen Sohn Michael betreffen.
Erstens: Wie Sie wissen, war Marion in der achten Woche schwanger. Ihr Sohn ist mit sehr hoher Wahrscheinlichkeit der Vater.
Das Kind wurde in der Nacht vom 5. zum 6. Oktober vergangenen Jahres während des

Ferienaufenthaltes der Lerngruppe 2 am Edersee gezeugt. Hierzu gibt es übereinstimmende Aussagen von Holger Pfand und Manuela Paulsdorf. Letzte Gewissheit wird uns der Vergleich mit Ihrer DNA liefern. Da Michael eingeäschert wurde, können wir seine DNA ja nicht heranziehen."

Hier wurde Waski von Frau Reismann unterbrochen, die meinte, dass sie sich schon so etwas gedacht habe. Jedenfalls hätte Frau Paulsdorf ihr gegenüber Andeutungen in dieser Richtung gemacht.

Der Kommissar fuhr fort: „Frau Reismann, Sie sollten zweitens wissen, das Ihr Sohn keines natürlichen Todes gestorben ist. Er wurde von Holger Pfandt umgebracht. Dieser hat die Tat und weitere Morde inzwischen gestanden."

An dieser Stelle sprang Frau Reismann auf und rief: „Sagen Sie, dass das nicht wahr ist. Wenn Michael gelebt hätte, wäre das mit Marion doch nie und nimmer passiert."

„Das müssen Sie uns aber genauer erklären", verlangte Lutz Waski.

Unter Stocken und teilweise von Tränenausbrüchen unterbrochen gab Elvira Reismann folgenden Bericht: „Sie wissen, ich bin, war, mit Edwin Brendow eng befreundet, man kann sagen liiert. Wir wollten künftig zusammen bleiben. Im Juli vergangenen Jahres hat er mich gebeten, dass ihm meine Bank ein größeres Darlehen gewährt, er habe an eine Summe von 20.000 Euro gedacht. Auf meine Frage, wofür er denn soviel brauchen würde, sagte er mir, dass er im Internet mit Aktien spekuliere. Derzeit hätte er zwar große Verluste erlitten, wenn er aber das Geld einsetzen könnte, wäre in wenigen Tagen alles wieder ausgeglichen. Obwohl keine ausreichenden Sicherungen vorhanden waren, habe ich ihm das Geld gegeben, was für mich als Filialleiterin natürlich leicht war.

Ende August bat mich dann Edwin erneut um Geld, mit der Begründung, dass er an der Börse einen großen Coup landen könne, wenn er genügend Kapital einzusetzen in der Lage wäre. Er schlug vor, dass die Wohnstätte ein Darlehen von 50.000 Euro erhält, das an ihm direkt in bar ausgezahlt werden solle. Ich habe mich auch zu dieser Transaktion überreden lassen.

Im Herbst habe ich dann mitbekommen, dass Edwin überhaupt nicht an der Börse spekuliert hatte, sondern das viele Geld in den Spielbanken Bad Homburg, Wiesbaden und was weiß ich, wo noch verzockt hat.

Am 11. November war dann Michael gestorben. Am darauf folgenden Sonntag war ich mit Edwin in seiner Wohnung, wir wollten noch Einzelheiten für die Trauerfeier am 20. 11.

besprechen, als es klingelte. Vor der Tür standen zwei Männer, auf den ersten Blick ziemlich finstere Gestalten. Sie forderten Edwin auf, seine Schulden zu bezahlen, er wisse schon wofür. Dann haben sie ihm ganz offen gedroht. Auf meine Frage, was denn das Ganze zu bedeuten habe, hat mich Edwin beruhigt. Es wäre alles nur ein Missverständnis und er müsse gleich noch mal weg. Ich bin daraufhin zu mir nach Hause gefahren.

In den nächsten Tagen war ich mit der Trauerfeier für meinen Sohn befasst. Bis zum Ende der Woche war ich noch krank geschrieben. Die Sache mit der Drohung ging mir allerdings nicht aus dem Kopf.
Als ich dann am Montag meine Arbeit in der Bank wieder aufgenommen hatte, habe ich mir die Konten der Wohnstätte und die der Bewohner angesehen. Dabei musste ich feststellen, dass in den letzten vier Tagen von 22 Konten, die die Bewohner der Behindertenwohnstätte bei uns unterhielten und für die Edwin Vollmacht hatte, jeweils 1.500 Euro als Barauszahlung abgehoben worden waren.
Als ich daraufhin Edwin zur Rede stellte, wo denn die 33.000 Euro geblieben seien, rückte er kleinlaut mit der Sprache heraus. Er habe in einem illegalen Klub in Darmstadt gespielt und wenn er die dort gemachten Schulden nicht bezahlt hätte, wäre es ihm schlimm

ergangen, er habe sogar um sein Leben fürchten müssen. Dann meinte er, dass ich als vom Beirat gewählte Prüferin die Sache doch sicher vertuschen könne, bis das Geld wieder auf den Konten sei.

Ich gab ihm zu bedenken, dass ich durch den Tod von Michael automatisch aus dem Beirat ausscheiden würde und nur noch zum Jahresende den Prüfbericht erstellen könnte. Danach würde sicher Frau Greiner, eine berufsmäßige Steuerprüferin, meinen Posten übernehmen und die würde die Manipulationen sicher aufdecken.

Zu allem Überfluss hatte sich für die erste Dezemberwoche ein Revisor von der Stiftung angekündigt. Unter der Bedingung, dass er ab sofort jegliche Zockerei unterlässt und sich einer Therapie wegen seiner Spielsucht unterzieht, erklärte ich mich bereit, mit meinem eigenen Geld die Konten auszugleichen und dafür zu sorgen, dass dem Prüfer nur die Endsalden per 30.11., die ja dann in Ordnung wären, zur Verfügung gestellt würden. Natürlich ging Edwin auf meinen Vorschlag dankbar ein, etwas anderes blieb ihm ja auch kaum übrig.

Da ich auf die Schnelle keine 33.000 Euro zur Verfügung hatte, habe ich durch bankinterne Manipulationen dafür gesorgt, dass die Endsalden zum 30. 11. stimmten. Die Prüfung

durch den Vertreter der Stiftung ging dann auch anstandslos über die Bühne. Inzwischen hat aber unsere Innenrevision die Sache aufgedeckt und ich muss mit fristloser Kündigung und Strafanzeige rechnen.
Nach der Prüfung durch die Stiftung machte ich Edwin allerdings darauf aufmerksam, dass Frau Greiner wohl nicht so leicht zu täuschen sei und wenn sie die Sache aufdecken würde, wäre er wohl seinen Posten los.

Es war dann am 2. Dezember, Edwin hatte im Kreis seiner Schützlinge, soweit diese nicht bei ihren Eltern waren, und mit allen Mitarbeitern und Mitarbeiterinnen den Adventsnachmittag gefeiert und war zum Abendessen zu mir gekommen. Er wollte erst mit mir ins Kino und dann die Nacht über bleiben, Frau Tarnow, seine Stellvertreterin hatte den Dienst übernommen.

So gegen 23:00 Uhr meinte er dann, er müsse nochmals kurz weg, für das Problem mit Frau Greiner sei ihm eine Lösung eingefallen. Kurz nach Mitternacht rief er mich dann an und bat mich, sofort in die Wohnstätte zu kommen, es sei etwas passiert. Ich solle aber das Auto außerhalb stehen lassen und zu Fuß kommen."

In diesem Augenblick öffnete Frau Schreiber die Tür und winkte Kommissar Waski heraus. Sie sagte: „Ich hatte eben einen Anruf von Achim Liebers. Brendow sei weder in der Wohnstätte noch in seiner Wohnung auffindbar. Für heute früh wäre er mit seiner Stellvertreterin und zwei Mitarbeitern zu einer Besprechung verabredet gewesen, sei aber nicht erschienen." Waski entschied: „Wir schreiben Edwin Brendow zur Fahndung aus, ich fahre sofort ins Pflegeheim Babenhausen. Melanie wird die Vernehmung von Frau Reismann weiterführen, Karlheinz, der die Sache ja bisher vom Nebenzimmer aus verfolgt hat, mag dazukommen."
Er ging dann zu Karlheinz Schwarz, unterrichtete diesen kurz über die neue Sachlage und bat ihn, in den Vernehmungsraum zu gehen, Melanie zu informieren und an der weiteren Vernehmung von Frau Greiner teilzunehmen.

Kriminalrat i.R. Schwarz betrat das Vernehmungszimmer, ging auf Elvira Reismann zu und meinte: „Ich bin Karlheinz Schwarz, glaube aber, wir kennen uns schon. Bitte setzen Sie ihre Aussage fort. Kommissar Waski musste leider in einer dringenden Angelegenheit weg."
Nachdem er sich auf dessen Platz gesetzt und ein paar Worte mit Kommissarin Forstmann

gewechselt hatte, sprach Frau Reismann weiter: „Ich war vor der Wohnstätte angekommen. Edwin empfing mich an der Außenpforte und sagte, dass Marion Greiner nicht mehr leben würde. Damit könne ihre Mutter auch nicht mehr dem Beirat angehören und Finanzprüferin werden. Wir gingen dann in Marions Zimmer und ich sah, dass sie mit einer Schnur erdrosselt worden war. Entsetzt blickte ich Edwin an. Er meinte, er habe keine Wahl gehabt, nur so wäre Frau Greiner als Prüferin auszuschalten gewesen. Er habe auch schon eine Stelle im Abteiwald gefunden, dorthin könnten wir Marions Leiche bringen, in den nächsten zwanzig Jahren würde sie niemand dort finden.

Ich schüttelte den Kopf und hatte schon mein Handy in der Hand um die 110 anzurufen, aber Edwin nahm mich in seine Arme und meinte, ich solle doch unsere gemeinsame Zukunft nicht kaputt machen. Wenn ich jetzt die Polizei riefe, würde Marion auch nicht wieder lebendig werden. Ich habe dann Edwin geholfen. Er kam mit seinem Kombi zum Hintereingang. Wir haben Marions Körper auf eine Plastikplane, die Edwin mitgebracht hatte, gelegt und zum Auto getragen. Dann haben wir ohne Licht und unbemerkt das Grundstück verlassen und sind Richtung Eppertshausen gefahren. Kurz vor dem Erreichen dieses Ortes

ist Edwin, wieder ohne Licht, rechts in den Wald abgebogen. Nach etwa 400 Metern hielt er an. Hinter einem Graben, neben einem Brunnen war eine etwa 1,50 m tiefe Grube. Hier legten wir Marions Körper hinein und bedeckten ihn mit Erde, die neben der Grube auf einem Haufen lag. Edwin hatte einen Spaten und eine Schaufel im Auto. Dann legten wir über das Ganze noch Laub und fuhren zurück. Edwin ließ mich neben meinem Auto aussteigen, stellte seines wieder an den normalen Platz und kam nach vorn zu mir. Gemeinsam fuhren wir in meine Wohnung und verabredeten auszusagen, dass wir gemeinsam im Kino und danach den ganzen Abend und die ganze Nacht bei mir gewesen seien."
Mit den Worten: „Das Alles tut mir unendlich leid und ich weiß, dass ich vor Liebe blind war und mich schuldig gemacht habe. Aber ich glaube nicht, dass ich den Tod von Marion hätte verhindern können. Allerdings fühlte ich mich zu einem gemeinsamen Leben mit Edwin auch nicht mehr in der Lage."
Kommissarin Forstmann wollte die Vernehmung gerade abschließen, als ein Anruf von der Spusi kam. Man teilte ihr mit, dass die Fingerabdrücke auf der Plane, die unter der toten Marion lag, von Annegret Reismann stammten.

Die Kommissarin beendete die Vernehmung mit den Worten: „Frau Reismann, wir bedanken uns für Ihre rückhaltlose Darstellung der Ereignisse in der Nacht vom 2. zum 3. Dezember und der Umstände, die zum Mord an Marion Greiner geführt haben. Unsere Spurensicherung hat ihre Darstellung in einem Teil bestätigen können. Von der Plane, auf der die Leiche von Marion lag, konnten Fingerabdrücke sichergestellt werden. Diese stammen eindeutig von ihnen. Sie haben ihr Gewissen erleichtert, zwar spät, ich hoffe aber, nicht zu spät. Natürlich müssen wir Herrn Brendow noch zu dem Ganzen hören. Ich denke, Sie werden auch Verständnis dafür haben, dass Sie vorläufig bei uns in Gewahrsam bleiben müssen. Morgen werden Sie dann dem Haftrichter vorgeführt."
Frau Reismann nickte, Melanie verließ den Raum und kam nach kurzer Zeit mit einer Beamtin zurück, die Elvira Reismann in den Arrest führte. Karlheinz Schwarz meinte dann: „Da scheint der Fall ja nahezu gelöst. Ich bin gespannt, wo wir Brendow auftreiben werden und was dieser zu sagen hat." Seine Kollegin antwortete: „Ich will ja nicht unken, aber hoffentlich finden ihn lebend."
Dann begaben sich die beidem zu Kriminalrat Haase, um zu berichten.

23.

Mittwoch; 11:30 Uhr

Kriminalhauptkommissar Lutz Waski war mit seinem Opel in der *Wohnstätte Leben lernen in Babenhausen* angekommen und wurde von seinem Miterbeiter, Kriminalkommissaranwärter Achim Liebers, schon sehnsüchtig erwartet. Liebers berichtete, dass er auftragsgemäß sofort zusammen mit zwei Kollegen der Schutzpolizei hierher gefahren sei, um Edwin Brendow vorläufig festzunehmen. Dieser sei aber weder in seinem Büro noch in seiner Wohnung anzutreffen gewesen. Auch eine gemeinsam mit der Brendows Stellvertreterin, Frau Henriette Tarnow, durchgeführte Suche im gesamten Objekt brachte kein Ergebnis. Auf seinem Handy meldete sich nur die Mailbox. Edwin Brendow blieb verschwunden. Die Mitarbeiter wurden befragt und sagten einhellig aus, dass sie den Gesuchten am heutigen Tag noch nicht gesehen hätten.

Lutz Waski begab sich in Begleitung von Achim Liebers in das Büro der Wohnstättenleitung und begrüßte die stellvertretende Leiterin mit den Worten: „Hallo Frau Tarnow, wir kennen uns ja schon. Wir müssen dringend mit Ihrem Kollegen Brendow sprechen. Haben Sie eine Ahnung, wo er sein könnte? Wann haben Sie ihn zuletzt gesehen?"

Die so Angesprochene antwortete: „Ich bin selbst sehr verwundert, dass Edwin nicht da ist. Wir beide waren für 9:30 Uhr mit zwei von unseren Mitarbeitern verabredet. Dabei sollte es um die Dienstpläne für die nächste Woche gehen. Ich kann mir das Fernbleiben von Edwin nicht erklären, das ist nicht seine Art. Wenn ihm etwas dazwischen gekommen wäre, hätte er mich angerufen. Auf seinem Handy meldete sich nur die Mailbox. Ich fange langsam an, mir Sorgen zu machen.
Zu Ihrer zweiten Frage: Sie wissen ja, dass Edwin und wir im Neubau nebenan wohnen. Gestern hatte mein Mann noch frei. Da er sehr oft samstags und sonntags unterwegs war, hatte er diesmal ein verlängertes Wochenende, bis heute. Gestern Abend waren wir bei Freunden. Edwin hatte Bereitschaft, einer von uns beiden muss ja immer im Objekt sein. Wir sind so gegen 19:00 Uhr losgefahren, da haben wir uns noch von Edwin verabschiedet, der gerade in seine Wohnung ging. Als wir zurückkamen, es war weit nach Mitternacht, vielleicht schon gegen zwei, war im Haus alles ruhig. Edwins Auto stand vor der Tür. Vielleicht ist es ihm schlecht geworden und er liegt hilflos in der Wohnung. Ich habe einen Schlüssel, wir sollten besser einmal nachsehen."
Diesen Vorschlag griff Kommissar Waski sofort auf und gemeinsam begaben sich die

Drei zur Wohnung von Brendow. Zunächst umrundeten die beiden Kommissare das Haus. Alle Fenster waren geschlossen, vor dem Fenster und der Tür zur Terrasse waren die Jalousien herabgelassen. Dann öffnete Frau Tarnow die Wohnungstür, wobei sie feststellte, dass die Tür nur zugezogen, aber nicht abgeschlossen war.
Waski betrat als erster die Wohnung. Im Flur schien alles normal, aber im Wohnzimmer herrschte das schiere Chaos. Ein Tisch und mehrere Stühle waren umgeworfen, eine Stehlampe lag am Boden, eine Schreibtischtür stand offen, mehrer Schubladen waren herausgerissen, Papiere lagen auf den Boden. Dort waren auch Blutspuren zu sehen.
„Hier hat offensichtlich ein Kampf stattgefunden"; stellte Waski fest. „Da wird die Spusi gebraucht. Wir rühren nichts an." Die beiden Kriminalisten schauten noch kurz in die anderen Räume, dort war alles in Ordnung, allerdings war von Edwin Brendow nichts zu sehen.
„Das Ganze sieht nach einer gewaltsamen Entführung aus", meinte Achim Liebers. „Da könnten sie Recht haben", pflichtete ihm sein Chef bei. „Ich habe auch schon einen Verdacht." Dann berichtete er von der Aussage der Elvira Reismann, die zugegen war, als Brendow Besuch von zwei finsteren Gesellen

erhalten hatte, die sich als Geldeintreiber eines illegalen Spielcasinos entpuppten.

Er führte dann weiter aus: „Wenn es eine Entführung gab, wofür vieles spricht, muss sie zwischen neunzehn Uhr gestern Abend und zwei Uhr heute Nacht stattgefunden haben. Wir werden alle Personen hier im Objekt befragen, ob sie etwas bemerkt haben. Sie", und damit wandte er sich an die beiden Schutzpolizisten, die das Ganze bisher aufmerksam verfolgt hatten, „beteiligen sich bitte an den Befragungen. Ich rufe schnell noch im Präsidium an, informiere den Chef und bitte, dass sich die Spusi in Bewegung setzt."

Die Befragungen erbrachten keine Ergebnisse, mit einer Ausnahme. Sivio Wellner, ein Mitarbeiter von der Wohngruppe 2, war soeben zum Dienst erschienen und hatte vorher von der Suche nach dem Wohnstättenleiter noch nichts mitbekommen. Er sagte aus: „Ich habe in dieser Woche Nachtdienst. Gestern, es war etwa dreiundzwanzig Uhr, bin ich kurz vor die Tür gegangen, um eine Zigarette zu rauchen. Da fiel mir ein fremdes Auto auf, ein schwarzer Mercedes der C-Klasse, der vor dem Neubau stand. Dann kamen auch schon Personen aus der Eingangstür. Der Chef wurde von zwei Männern in die Mitte genommen. Sie setzten ihn dann auf die Rückbank, einer der Männer stieg dazu. Der andere nahm auf dem Fahrersitz Platz. Ich hatte den Eindruck, dass der Chef nur widerwillig mitfuhr, aber noch bevor ich reagieren konnte, fuhr das Auto davon. Die Nummer habe ich mir aber ungefähr gemerkt. Es war DA SC und dann und zweimal die 3 oder die 8 und am Schluss eine Null. Es ging ja alles sehr schnell."

Kommissar Waski bedankte sich und meinte, dass die Beobachtungen sehr wertvoll seien und dass man das Auto wohl werde ausfindig machen können, falls das Nummernschild echt war. Er bat dann Achim Liebers, auf die Leute von der Spurensicherung zu warten. Er selbst wolle unverzüglich zurück ins Präsidium fahren und von unterwegs, sein Auto habe ja Freisprechanlage, die Fahndung nach dem Mercedes veranlassen.

24.

Mittwoch; 15:00 Uhr

Im kleinen Beratungsraum des Kommissariates K 10 saßen Torsten Haase, Karlheinz Schwarz, Otmar Abel und Melanie Forstmann, als Lutz Waski dazu kam. Sein Chef, Kriminalrat Haase begrüßte ihn und sagte: „Lutz, wir haben Sie schon erwartet. Melanie hat Frau Reismann nochmals vernommen und sich Personenbeschreibungen der beiden Geldeintreiber geben lassen. Ich möchte Sie auch mit Otmar Abel bekannt machen. Er ist als 1. Kriminalhauptkommissar im K 23 unter anderem auch für illegales Glücksspiel zuständig. Die Fahndung nach dem Mercedes war übrigens erfolgreich. Otmar wird gleich mehr dazu sagen. Zuvor sollte aber Melanie uns über die Personenbeschreibungen informieren."

Diese begann: „Frau Reismann zeigte sich sehr kooperativ. Allerdings lag der Vorfall, um den es uns ging, schon einige Zeit zurück. Es war am 18. November vergangenen Jahres, als sie in der Wohnung von Brendow den Auftritt der beiden Geldeintreiber miterlebt hatte. Eine Woche zuvor war ihr Sohn verstorben, wie wir heute wissen, wurde er ermordet. Man muss Frau Reismann also zugestehen, dass ihre Erinnerungen nicht sonderlich genau sind. Das hat sie auch betont, aber von den beiden Männern dennoch folgende Beschreibungen gegeben: Beide etwa 1.75 m bis 1,80 m groß und 35 bis 40 Jahre alt. Beide auch ähnlich gekleidet, mit abgetragenen Jeans und braunen Lederjacken sowie hohen Lederschuhen. Der etwas größere war der Wortführer, er hatte dunkle Haare, war unrasiert und machte einen sehr ungepflegten Eindruck. Sein Kumpan war glatt rasiert, seine Haarfarbe konnte sie nicht beschreiben, da er die ganze Zeit eine schwarze Baseballkappe trug. Insgesamt seien ihr die beiden Typen sehr unsympathisch gewesen, auch schon, bevor sie den Mund aufgemacht hätten. Frau Reismann meinte, dass sie die beiden jederzeit wieder erkennen würde."

Dann nahm Kommissar Abel das Wort: „Wir konnten sehr schnell feststellen, dass der gesuchte Mercedes auf Hasan Keirim bzw. sein türkisches Spezialitätenrestaurant *Goldenes Horn* zugelassen ist. In den Kellerräumen dieses Lokals fanden regelmäßig Glückspiele um ziemlich hohe Summen statt, hauptsächlich Poker und Black Jack.

Wie ihr wisst, haben wir diese Spielhölle vorgestern ausgehoben und dabei Jewgeni Karamanow und den wegen Fahrerflucht gesuchten Max Meinhard festgenommen. Außerdem haben wir Edwin Brendow dort

angetroffen. Ich könnte mir denken, dass dieser bei Keirim Schulden hatte, was den veranlasst haben könnte, zwei seiner Leute loszuschicken. Das soll uns Hasan Keirim aber selbst erklären. Dazu schlage ich vor, dass Kollege Waski und ich ihm nachher einen Besuch abstatten. Er wird uns sicher sagen, welche Leute er Brendow auf den Hals geschickt hat. Allerdings werden wir Keirim kaum vor achtzehn Uhr antreffen. Sein Lokal öffnet um fünf. Lutz, wenn es Ihnen recht ist, fahren wir zu dieser Zeit dorthin, essen eine Kleinigkeit und warten, bis Keirim kommt."
Der Vorschlag wurde angenommen und man ging auseinander, nicht ohne zu vereinbaren, sich gegenseitig auf dem Laufenden zu halten, besonders auch bezüglich der Fahndung nach Brendow.
Lutz Waski rief kurz zuhause an und teilte mit, dass es wieder einmal später werden würde. Danach ging er mit Kommissar Abel in dessen Büro.

Kurz nach 17:00 Uhr saßen die beiden Hauptkommissare in dem Spezialitätenrestaurant *Goldenes Horn*. Lutz hatte auf Anraten seines Kollegen *Adana Kebap* bestellt, dieser *Kuzu Pirzola*, wobei er versicherte, dass beides hervorragende Lammgerichte seien. Vor jedem der Männer stand ein Pils. Das Essen kam und

Lutz stellte fest, dass es wirklich gut war. Nach etwa 45 Minuten kam Hasan Keirim an den Tisch, begrüßte Otmar Abel und fragte: „Herr Kommissar, ich war doch erst gestern bei ihnen auf dem Präsidium und habe sie ausführlich über die Sache mit der Glückspielerei im Keller informiert. Das Protokoll habe ich auch unterschrieben und sie sagten, dass das Ganze nun zur Staatsanwaltschaft gehen würde. Was wollen sie denn nun noch von mir und wem haben sie denn diesmal mitgebracht?"
Kommissar Abel stellte vor: „Lutz, das ist Hasan Keirim, Hasan, das ist mein Kollege Hauptkommissar Waski." Daraufhin reichte Hasan auch diesem die Hand und meinte: „Sie sind sicher nicht nur zum Essen bei mir, wir sollten ins Nebenzimmer gehen."
Dort angekommen sagte Kommissar Abel: „Edwin Brendow ist verschwunden, wir wissen ja, dass er hier gespielt hat. Vorgestern war er ja auch anwesend. Sagen sie etwas mehr dazu. Die Antwort lautete: „Edwin Brendow hat im vergangenen Jahr regelmäßig bei uns gezockt, mit sehr unterschiedlichen Erfolgen. Im November vergangenen Jahres hatte er ziemlich hohe Schulden und ich musste ihm zur Mahnung zwei meiner Leute schicken.
Danach hat er bezahlt und sich weder im Dezember noch im Januar hier sehen lassen.

Ich dachte schon, er hätte seine Spielsucht überwunden. Aber da kam er Ende Februar wieder, hat zunächst ziemlich viel gewonnen, dann aber hoch verloren.
Er schuldet mir vierzigtausend Euro. Am Montag konnte ich ja nicht mehr mit ihm darüber reden, weil euer Einsatz dazwischen kam. Daraufhin habe ich gestern meine zwei Leute wieder nach Babenhausen geschickt. Sie sollten etwas Druck machen, damit Brendow seine Schulden endlich bezahlt. Vergangene Nacht, so gegen zwei, kamen die beiden zurück und erklärten, die Sache sei aus dem Ruder gelaufen und Brendow wäre höchstwahrscheinlich tot. Einzelheiten haben sie mir nicht verraten, ich wollte sie auch nicht wissen. Beide erklärten, dass sie ein paar Sachen packen und sich nach Thailand absetzen würden. Ich habe noch überlegt, ob ich euch verständigen sollte, konnte mich aber nicht dazu durchringen."
Hauptkommissar Abel sagte mit Nachdruck: „Herr Keirim, dieses Mal werden Sie wohl nicht so billig davon kommen. Ich fürchte, das Ganze wird noch ein Nachspiel haben und der Staatsanwalt wird sicher Anklage erheben. Doch dazu später. Jetzt wollen wir von Ihnen die Namen Ihrer beiden Handlanger wissen und Sie sagen uns bitte auch, was Sie von deren Fluchtplänen wissen."
Hasan Keirim gab bereitwillig Auskunft.

Danach handelte es sich bei seinen Geldeintreibern um Ben Beilmann, deutscher Staatsbürger, 37 Jahre alt, wegen schwerer Körperverletzung vorbestraft, sowie um den ebenfalls vorbestraften Boris Netkow, bulgarischer Staatsbürger, 36 Jahre alt, der wegen der Mitgliedschaft Bulgariens in der EU legal in Deutschland lebt. Keirim fuhr fort: „Die beiden hatten sich in der Haftanstalt kennengelernt. Nach ihrer Entlassung wollte ich ihnen eine Chance geben und habe sie eingestellt, Beilmann als Fahrer, Netkow als Hof- und Lagerarbeiter."

Kommissar Abel entgegnete: „Mir kommen ob soviel Großherzigkeit gleich die Tränen. Natürlich haben Sie die beiden eingestellt, weil Sie Männer für das Grobe brauchten. Darüber wird noch zu reden sein. Jetzt sagen sie aber, wohin die beiden flüchten wollten."

Die Antwort lautete: „Meines Wissens sind sie zum Flughafen nach Frankfurt gefahren und wollten nach Thailand fliegen, weil von dort nicht ausgeliefert würde. Mehr weiß ich nicht."

Die beiden Polizisten griffen zu ihren Handys. Otmar Abel rief die Bundespolizeidienstelle am Flughafen an und ließ sich mit dem Leiter verbinden. Lutz Waski telefonierte mit dem Präsidium. Dann tauschten sie sich aus. Otmar sagte: „ Nach Thailand, und zwar nach Phuket,

ist heute Flug TG 921 der Thai Airways um 14:00 Uhr abgeflogen. Man prüft die Passagierliste. Wenn unsere Kandidaten an Bord sind, haben wir Pech gehabt. Der nächste Flug nach Thailand ist TG 927 der Thai Airways um 20:55 Uhr nach Bangkok und dann gibt es noch den Lufthansa Flug LH 772 um 22:00 Uhr ebenfalls nach Bangkok. Die Bundespolizei hat die Namen der Gesuchten, prüft die Passagierlisten und hält Ausschau."
Lutz berichtete: „Bei uns im Präsidium wird man die Akten von Beilmann und Netkow heraussuchen und deren Fotos von der erkennungsdienstlichen Behandlung unverzüglich der Bundespolizei am Airport Frankfurt übermitteln. Dann hat dort jeder Polizist diese Bilder und wenn Beilmann und Netkow noch nicht weg sind, kommen sie auch nicht mehr fort. Meine Kollegen Forstmann und Liebers sind wohl inzwischen schon auf dem Weg zum Flughafen und ich denke, wir beiden sollten auch unverzüglich dorthin aufbrechen."
So geschah es. Hauptkommissar Abel hatte sich zuvor noch an Hasan Keirim gewandt und diesem unmissverständlich erklärt, dass er sich am nächsten Tag um 9:00 Uhr im Kommissariat K 23 des Polizeipräsidiums einzufinden habe.

25.

Mittwoch; 20:00 Uhr

Die Kriminalhauptkommissare Lutz Waski und Otmar Abel saßen dem Leiter der Flughafenpolizei, Polizeidirektor Dr. Andreas Stein, in dessen Büro gegenüber. Auf dem Weg zum Flughafen hatten sie erfahren, dass der Flug TG 921 ausgebucht gewesen war und Beilmann und Netkow nicht mitgeflogen sind.

Die Spurensicherung hatte mitgeteilt, dass man Fingerabdrücke der beiden in der Wohnung von Edwin Brendow sichergestellt habe.

PD Dr. Stein war hager und zirka 1,80 m groß, etwa fünfzig Jahre alt, hatte blaue Augen und graue, kurzgeschnittene Haare. Er sah in seiner frisch gebügelten Uniform sehr gut aus. Sein Auftreten, seine gesamte Körpersprache vermittelten den Eindruck eines entschlossenen, befehlsgewohnten Mannes. Er nahm das Wort: „Verehrte Kollegen, die von Ihnen Gesuchten sind auf den Flug LH 772 gebucht, der um 22:00 Uhr vom Terminal 1, Gate 21, abgehen soll. Spätestens wenn dort zum Boarding aufgerufen wird, ich denke, das wird 45 Minuten vor dem Abflug sein, können wir sie festnehmen. Alle meine Leute sind aber im Besitz der Bilder von den beiden, deshalb halte ich es für wahrscheinlich, dass wir sie vorher aufspüren.

In dem Fall werden wir sie möglichst ohne großes Aufsehen arretieren, wir haben da schon so unsere Erfahrungen.
Sicherheitshalber habe ich aber auch für den Flug TG 927, der vom Terminal 2 starten soll, verschärfte Beobachtungen angeordnet. Jetzt müssen wir warten, bis unsere Maßnahmen greifen. In der Zwischenzeit können Sie mir ja etwas zu den Umständen sagen, die zu der Suche nach Beilmann und Netkow geführt haben."
Bereitwillig erfüllte Lutz Waski diese Bitte und schilderte den Fall um die getötete Marion Greiner. Er schloss mit den Worten: „Wir sind uns ziemlich sicher, dass Edwin Brendow der Täter ist. Als wir ihn festnehmen wollten, war er verschwunden. Es wird nach ihm gefahndet. Aber wir haben herausgefunden, dass Brendow in der gestrigen Nacht Besuch von Beilmann und Netkow hatte. Sie sollten im Auftrag des Besitzers eines Darmstädter Restaurants, in dem auch illegale Glückspiele stattfanden, Spielschulden eintreiben. Die Fingerabdrücke der beiden wurden in der Wohnung von Brendow gefunden. Dort wurden auch Kampf- und Blutspuren gesichert. Es gibt eine Zeugenaussage, dass Beilmann und Netkow zusammen mit Brendow gestern gegen 23:00 Uhr dessen Wohnung verlassen haben. Gegenüber ihrem Auftraggeber soll einer der

beiden Geldeintreiber geäußert haben, Brendow sei tot. Wenn die beiden gefasst sind, würden wir sie gern sofort zu dem Verbleib von Brendow vernehmen, vielleicht ist dieser ja doch noch am Leben. Sie können uns doch sicher geeignete Räume für die Vernehmungen zu Verfügung stellen?"
Dr. Stein bestätigte, dass dies kein Problem sei. Es gäbe genügend Räume, die auch alle mit der notwenigen Technik ausgestattet wären und Protokollanten würden man nötigenfalls auch stellen können. Die drei Polizeibeamten plauderten noch ein wenig und um 20:50 Uhr kam dann ein Funkspruch, dass die Gesuchten die Sicherheitskontrolle passiert hätten und sich im Duty-free-Shop aufhalten würden. „Nehmt sie dort fest", lautete der Befehl von Polizeidirektor Dr. Stein.
Nach etwa fünfzehn Minuten kam ein Polizeihauptmeister in den Raum und meldete, dass man Beilmann und Letkow Handschellen angelegt und sie in den Vernehmungsraum gebracht habe, zwei seiner Kollegen seien bei ihnen. Dr. Stein wollte wissen, wie die Festnahme abgelaufen war. Der Polizist berichtete, dass er mit drei seiner Kollegen plaudernd und Kaufabsichten vortäuschend den Duty-free-Shop betreten hätte. Jeweils zwei von ihnen hätten dann eine der Zielpersonen in die Mitte genommen, untergehackt und aus dem Raum

geführt. Dann hätten auch schon die Handschellen geklickt. Das Ganze sei sehr schnell gegangen und von den übrigen Passanten nicht bemerkt worden. Dr. Stein lobte das Vorgehen und fragte seine Darmstädter Kollegen, wie sie es mit den Vernehmungen halten wollten.
Lutz Waski meinte: „Ich halte es für zweckmäßig, die beiden getrennt zu vernehmen. Otmar, wenn Sie sich zusammen mit meiner Kollegin Forstmann mit Beilmann befassen würden, könnte ich zusammen mit Achim Liebers mir den Letkow vornehmen. Melanie Forstman und Achim Liebers werden sicher gleich da sein, sie waren am Terminal 2, um den Abflug von TG 927 im Auge zu behalten. Das Angebot, jeweils einen Ihrer Kollegen fürs Protokoll einzusetzen, nehmen wir gern an", wandte er sich an Dr. Stein.
Das von Kommissar Waski vorgeschlagene Vorgehen wurde gebilligt. Polizeidiektor Dr. Stein verabschiedete sich, weil er andere Aufgaben zu erledigen hätte und ja auch nicht mehr benötigt würde.

Im Vernehmungsraum 2 der Flughafenpolizei saß Ben Beilmann. Ihm gegenüber hatten Melanie Forstmann und Otmar Abel Platz genommen, ein Polizeimeister der Bundespolizei saß als Protokollant etwas abseits.
Hauptkommissar Abel eröffnete der Vernehmung: „Herr Beilmann, wir werfen Ihnen

unter anderem vor, in der vergangenen Nacht den Leiter der Behindertenwohnstätte Babenhausen, Edwin Brendow, aus seiner Wohnung entführt zu haben. Es steht Ihnen frei, sich zu diesem Vorwurf zu äußern und Sie haben das Recht, einen Anwalt Ihrer Wahl hinzuzuziehen. Möchten Sie aussagen? Sie haben ja einschlägige Erfahrungen und wissen, dass sich kooperatives Verhalten in der Regel vor Gericht günstig auswirkt."
Der Beschuldigte antwortete: „Ich kenne keinen Mann namens Brendow und war auch in der letzten Zeit nicht in Babenhausen. Das Ganze muss ein Missverständnis sein."
„Dann erklären Sie uns einmal, wie Ihre Fingerabdrücke in die Wohnung von Brendow gekommen sind", fragte Otmar Abel. Melanie Forstmann ergänzte: „Mit Sicherheit werden wir auch DNA-Spuren von Ihnen finden. Sie sehen, leugnen ist zwecklos."
Ben Beilmann verlangte einen Anwalt und war aber nicht bereit, weitere Aussagen zu machen. Hauptkommissar Abel entschied: „Es ist Ihr gutes Recht, die Aussage zu verweigern. Wir werden Sie vorläufig in Polizeigewahrsam nehmen und morgen im Beisein Ihres Anwaltes dem Haftrichter vorführen und danach weiter vernehmen."
Im Vernehmungsraum 5 zeigte sich Boris Netkow wesentlich kooperativer. Er saß Lutz

Waski und Achim Liebers gegenüber. Auch hier war ein Beamter der Flughafenpolizei als Protokollführer mit im Raum.
Netkow erklärte, dass sie von ihrem Chef, Herrn Keirim, beauftragt worden waren, nach Babenhausen zu Edwin Brendow zu fahren um diesem Druck zu machen, damit er die vierzigtausend Euro endlich bezahlt. Netkow, der recht gut deutsch sprach, wenn auch mit osteuropäischem Akzent, führt dann weiter aus: „Wir haben dann gestern so zwischen zehn und halb elf am Abend bei Brendow geklingelt. Er hat uns geöffnet und Ben hat das Geld von ihm verlangt. Er antwortete aber, dass er momentan nicht soviel Geld habe und versprach, in den nächsten Tagen zu zahlen. Damit gab sich Ben nicht zufrieden. Er hat Brendow regelrecht zusammengeschlagen und den am Boden Liegenden auch noch getreten. Ich konnte Ben mit Mühe zurückhalten. Wir haben dann noch die Wohnung durchsucht, aber weder Geld noch Wertgegenstände gefunden. Wir wollten dann gehen und haben nochmals nach Brendow gesehen. Er lag am Boden und war bewusstlos, hat aber geatmet. Ich habe dann gesagt, dass wir ihn nicht liegenlassen könnten. Wenn er stürbe, würde man uns einen Mord anhängen. Da haben wir beschlossen, ihn in ein Krankenhaus zu fahren. Wir wollten ihn in der Notaufnahme abgeben

und dann verschwinden. So haben wir den bewusstlosen Mann in die Mitte genommen, in unser Auto gesetzt und sind losgefahren. Ich saß am Steuer, Ben mit Brendow hinten. Nach etwa zehn Minuten, wir waren auf der B 26 nach Darmstadt unterwegs, rief Ben, dass ich anhalten solle. Ich bog rechts ab, Richtung Hergershausen und hielt. Wir mussten feststellen, dass Brendow tot war.
Ben meinte, dass wir ihn im nahe gelegenen Wald vergraben sollten. Ich bin dann weiter gefahren und vor dem nächsten Ort, ich glaube das war Eppertshausen, rechts in den Wald abgebogen. In einer dort vorhandenen Mulde haben wir Brendow abgelegt und notdürftig mit Laub und Ästen zugedeckt. Dann sind wir abgehauen. Ben meinte, bis man die Leiche finden würde, seien wir längst außer Landes. Wir sollten versuchen, nach Thailand zu kommen, weil man von dort nicht ausgeliefert würde." Auf Nachfrage des Kommissars meinte Netkow, dass er die Stelle, an der die Leiche von Brendow liege, leicht wiederfinden könne.
Lutz Waski entschied, unverzüglich dorthin zu fahren. Er informierte nur kurz seine Kollegen und dann fuhren die Kommissare Forstmann und Abel mit Bellmann ins Präsidium nach Darmstadt, während Waski und Liebers mit Netkow Richtung Eppertshausen starteten.

26.

Freitag; 8:30 Uhr

In ihrem Dienstzimmer saßen Melanie Forstmann, Lutz Waski und Achim Liebers als Kriminalrat i.R. Karlheinz Schwarz dazu kam. Er gratulierte den Dreien zu Lösung des Falles und wollte von Lutz noch Einzelheiten wissen, obschon dieser ihn bereits gestern telefonisch informiert hatte.

„Karheinz", begann Lutz, „wir sollen uns um 9:00 Uhr im großen Beratungsraum treffen. Der Chef hat alle Mitarbeiter unseres Kommissariates dorthin beordert. Er will mich offiziell vorstellen und ich soll über den Fall berichten. Es wäre schön, wenn Sie sich bis dahin noch gedulden würden. Meine beiden Mitstreiter hier kennen auch noch nicht alle Details.

Ich will übrigens bei dieser Gelegenheit meinen Einstand geben. Melanie und Frau Schreiber haben mir schon bei der Vorbereitung geholfen. Ach, und bevor ich das nachher im Trubel vergesse, meine Frau und ich möchten Sie, Melanie und ihre Freundin, sowie Sie, Karlheinz, und natürlich auch Sie, Achim, am Wochenende zu uns nach Hause zum Kaffee einladen, sagen wir so gegen 15:00 Uhr."

„Das ist nett und ich freue mich sehr", antworte Frau Forstmann, „aber am Sonnabend geht es nicht, da bin ich mit meiner Freundin in der Commerzbank Arena, die Eintracht spielt gegen Schalke 04"

Lutz antwortete: „Das hätte ich beinah vergessen, mein Schwiegervater hat ja Dauerkarten und wir beide wollen auch hin. Wenn wir uns im Stadion über den Weg laufen, wäre es aber ziemlicher Zufall. Also treffen wir uns alle am Sonntag bei uns."

Kurz vor 9:00 Uhr waren fast alle Mitarbeiter des Kommissariates K 10 im großen Beratungsraum versammelt. Neben Lutz und seinen beiden Kollegen von der MUK waren noch 14 Personen anwesend, davon mit Frau Schreiber und zwei weiteren Sekretärinnen acht Frauen. Eine Kommissarin war im Urlaub, ein Kollege von ihr krank.

Auf die Minute pünktlich betrat Kriminalrat Haase den Raum. Er begrüßte die Anwesenden und stellte dann Lutz Waski als Kriminalhauptkommissar und neuen Leiter der MUK vor. Er schilderte kurz Waskis Werdegang und nannte die Gründe für seinen Versetzungsantrag nach Darmstadt.

Dann schloss er mit den Worten: „Unser neuer Kollege sollte seinen Dienst eigentlich am vergangenem Montag antreten. Ein aktueller Mordfall führte aber dazu, dass ich ihn gebeten habe, die Arbeit schon am Freitag, also heute vor einer Woche, aufzunehmen. In diesen acht

Tagen konnte der Fall gelöst werden. Hauptkommissar Waski wird anschließend gleich berichten. Lutz, ich wünsche Ihnen weiterhin so rasche Erfolge und freue mich auf eine gute Zusammenarbeit. Lutz, Sie haben das Wort."
Waski hob an: „Liebe Kolleginnen und Kollegen, bevor ich über den Fall Marion Greiner berichte, möchte ich mit ihnen auf eine gute Zusammenarbeit anstoßen. Da in den Dienstzimmern ein Alkoholverbot besteht, haben wir draußen im Gang, neben dem Kaffeeautomat Gläser und im Kühlschrank daneben Sekt und Orangensaft bereitgestellt. Ich bitte alle, mit mir dorthin zu gehen und einen Schluck auf unsere weitere gemeinsame Arbeit und auf die Gesundheit von jedem von uns zu trinken. Wir haben auch Häppchen vorbereitet. Wenn wir wieder hierher zurückkommen, werden diese auf dem Tisch stehen. Kaffee oder ein anderes Getränk mag sich dann jeder mitbringen."
Das Ganze ging dann so über die Bühne und nach etwa zwanzig Minuten saßen alle wieder auf ihren Plätzen.
Lutz Waski berichtete dann vom Auffinden der toten Marion Greiner, wobei er auch auf die aufwändige Suche nach dem vermissten, mehrfach behinderten Mädchen vom vergangenen Herbst einging.
Er schilderte sodann, dass die gerichtsmedizinische Untersuchung eindeutig *Tod durch*

Erdrosseln, aber keine Hinweise auf Misshandlungen oder sexuellen Missbrauch ergeben habe, wohl aber die Tatsache, dass Marion Ende des zweiten Monats schwanger war. Er informierte über die Aktivitäten, die unternommen wurden, um den Vater des ungeborenen Kindes zu ermitteln und konnte mitteilen, dass dieser in der Person des ebenfalls mehrfach behinderten Michael Reismann gefunden werden konnte.

Dann schilderte Kommissar Lutz Waski, wie die Offenbacher Kollegen den Massenmörder Holger Pfandt, der auch Michael Reismann getötet hatte, ermitteln und festsetzen konnten. Lutz redete dann weiter: „Wir mussten feststellen, dass die Schwangerschaft von Marion Greiner in keinem ursächlichen Zusammenhang zu ihrer Ermordung stand. Wir konnten dann aber die Verantwortlichen dafür ermitteln. Das sind einmal die Mutter von Michael, Frau Annegret Reismann, und als Haupttäter der Leiter der *Wohnstätte Leben lernen in Babenhausen*, Herr Edwin Brendow. Frau Reismann sitzt in Untersuchungshaft und ist in vollem Umfang geständig.

Nach Brendow mussten wir fahnden. Er war hochgradig spielsüchtig. Hieraus ergibt sich letztlich auch das Motiv für die Tat. Brendow wollte mit aller Macht verhindern, dass seine kriminellen Machenschaften zur Beschaffung

von Geld, um hohe Spielschulden tilgen zu können, ans Tageslicht kämen. Der Hilfe seiner Geliebten, Frau Reismann, die ihre Möglichkeiten als Filialleiterin der KBHT nutzte, konnte er gewiss sein. Aber dass Frau Greiner, die beim Finanzamt als Steuerprüferin arbeitet, ihm auf die Schliche kommen könnte, musste er verhindern.
Als wir Brendow vorgestern festnehmen wollten, mussten wir feststellen, dass er von zwei Geldeintreibern zusammengeschlagen und entführt worden war. Die beiden konnten wir noch am Mittwochabend am Flughafen festnehmen, beide sitzen in Untersuchungshaft. Während aber der eine, der vorbestrafte Ben Beilmann, auch gestern im Beisein seines Anwaltes jede Aussage verweigerte, zeigte sich der andere, der ebenfalls vorbestrafte Boris Netkow, kooperativ. Er schilderte den Verlauf ihres Besuches bei Brendow und berichtete, dass sie den bewusstlosen Mann hätten in ein Krankenhaus fahren wollen. Unterwegs sei dieser aber gestorben und sie hätten die Leiche im Wald vergraben. Netkow führte uns dann am späten Abend zu der Stelle, wo der Tote lag.
Unsere Kollegen von der Spurensicherung, die noch in der Wohnung von Brendow zu Gange waren, kamen recht schnell. Inzwischen liegen auch erste Ergebnisse der Gerichtsmedizin vor.

Bei Brendow wurden Brüche im rechten Oberkiefer und im rechten Arm sowie zahlreiche von Schlägen und Tritten herrührende Hämatome festgestellt. Gestorben ist er allerdings in Folge eines Herzinfarktes, wobei die erlittenen Misshandlungen eine Rolle gespielt haben dürften."

Lutz Waski schloss mit den Worten: „Es ist eine Ironie des Schicksals, dass der Leichnam des Edwin Brendow genau dort abgelegt wurde, wo dieser sein Opfer, Marion Greiner, vergraben hatte, nämlich beim Brunnen 25 im Abteiwald von Eppertshausen."

Für die kritische Durchsicht des Manuskriptes und für viele wertvolle Hinweise bedanke ich mich ganz herzlich bei
Eveline Kruschwitz, Berlin; und
Dr. Dieter Taubert, Weimar.

Mein besonderer Dank gilt Dietrich Möckel, Bad Wurzach, für die sorgfältige Korrektur des Satzmanuskriptes.

Eppertshausen im April 2019
G.F.

Vom gleichen Autor sind beim Verlag Books on Demand (BoD) Norderstedt erschienen:

GÜNTER FANGHÄNEL

ZAUBERLEHRLINGE

UND

ZAHLEN

ISBN 978-3-8370-3827-9

Günter Fanghänel

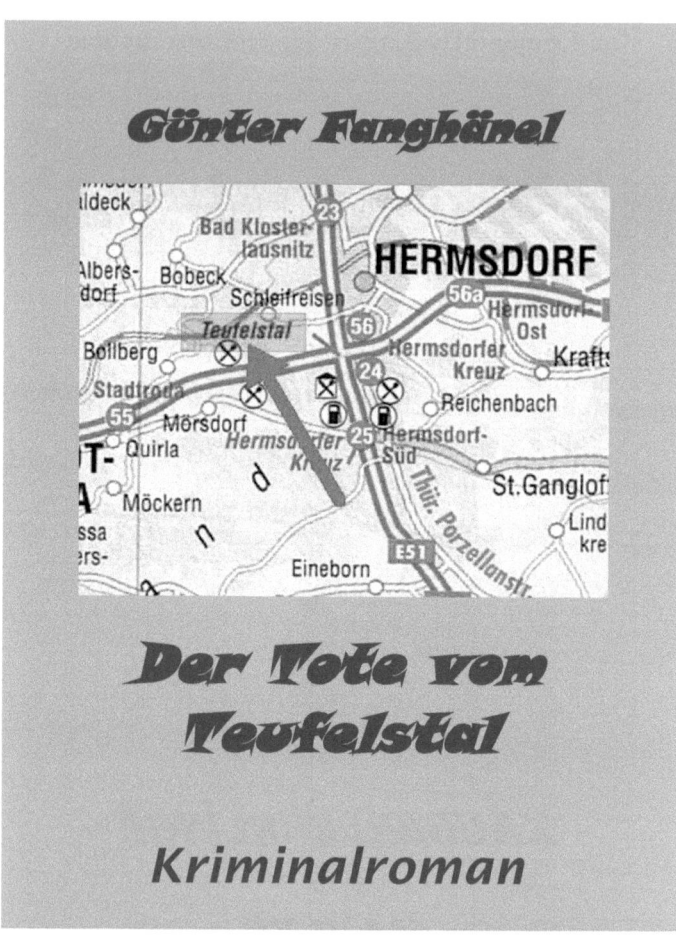

Der Tote vom Teufelstal

Kriminalroman

ISBN 978-3-8448-1229-9

Günter Fanghänel

Der Tote auf Gleis 2

Kriminalroman

ISBN 978-3-7322-8498-6

Günter Fanghänel

Die Tote in Kabine 8032

Kriminalroman

ISBN 9783839147641

Günter Fanghänel

Ein makabrer Fund am Oschütztal-Viadukt und andere Kurzgeschichten

ISBN 783735760005